ブギーポップ・バウンディング
ロスト・メビウス
上遠野
Kouhei
JN263363
イラスト●緒方剛志
Kouji Ogata

私には何の価値もなくて、だから——
——いつまでも迷ってはいられなくて
CAMILLE
織機綺

COLD MEDICINE
蒼衣秋良
僕には目的がある。惑いなどない――
――人生に迷ってなどいない、決して

無駄なことするなって言われると――
――迷ってでも、意地を通したいわね
LIMIT
雨宮美津子

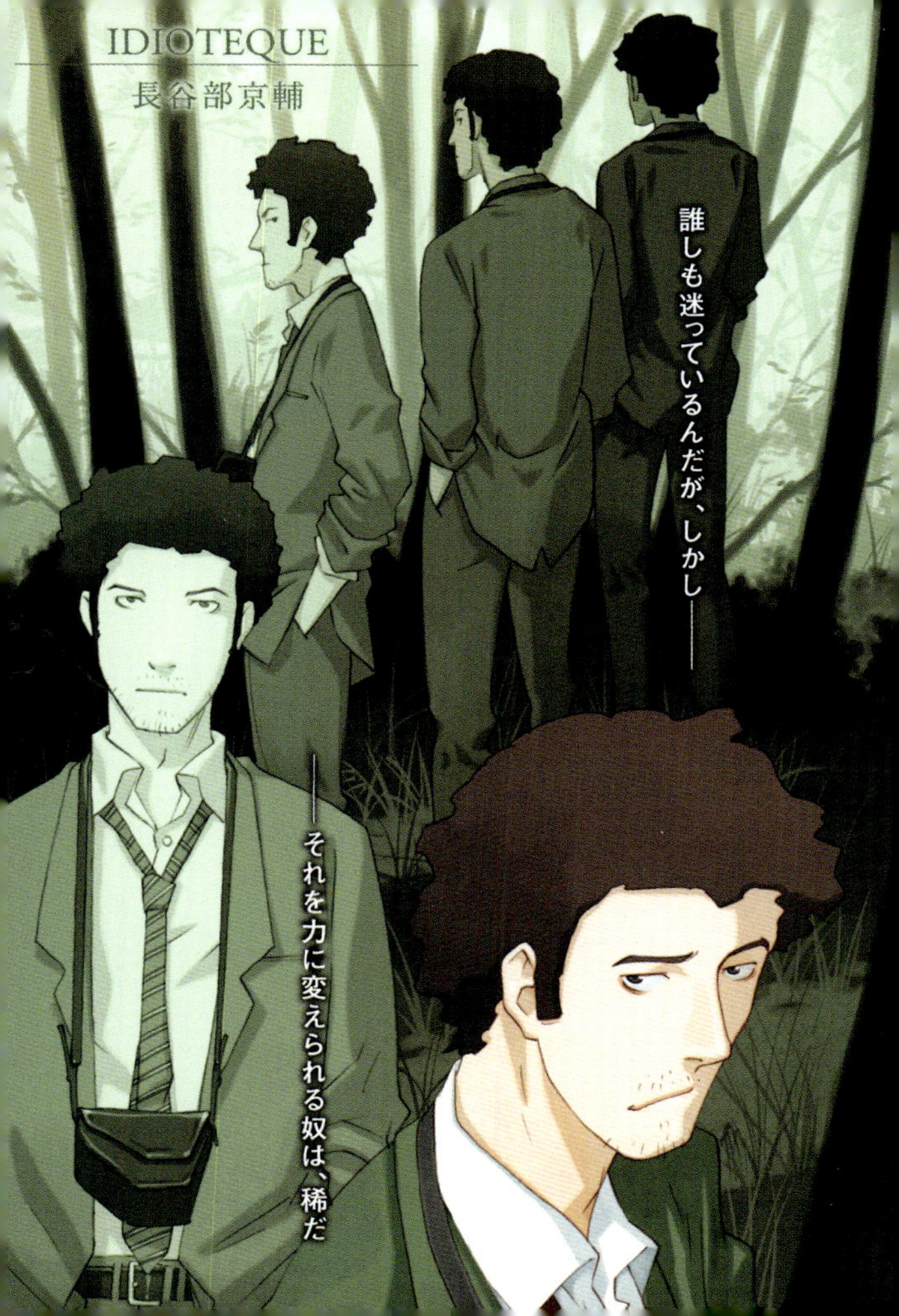
IDIOTEQUE
長谷部京輔
誰しも迷っているんだが、しかし――
――それを力に変えられる奴は、稀だ

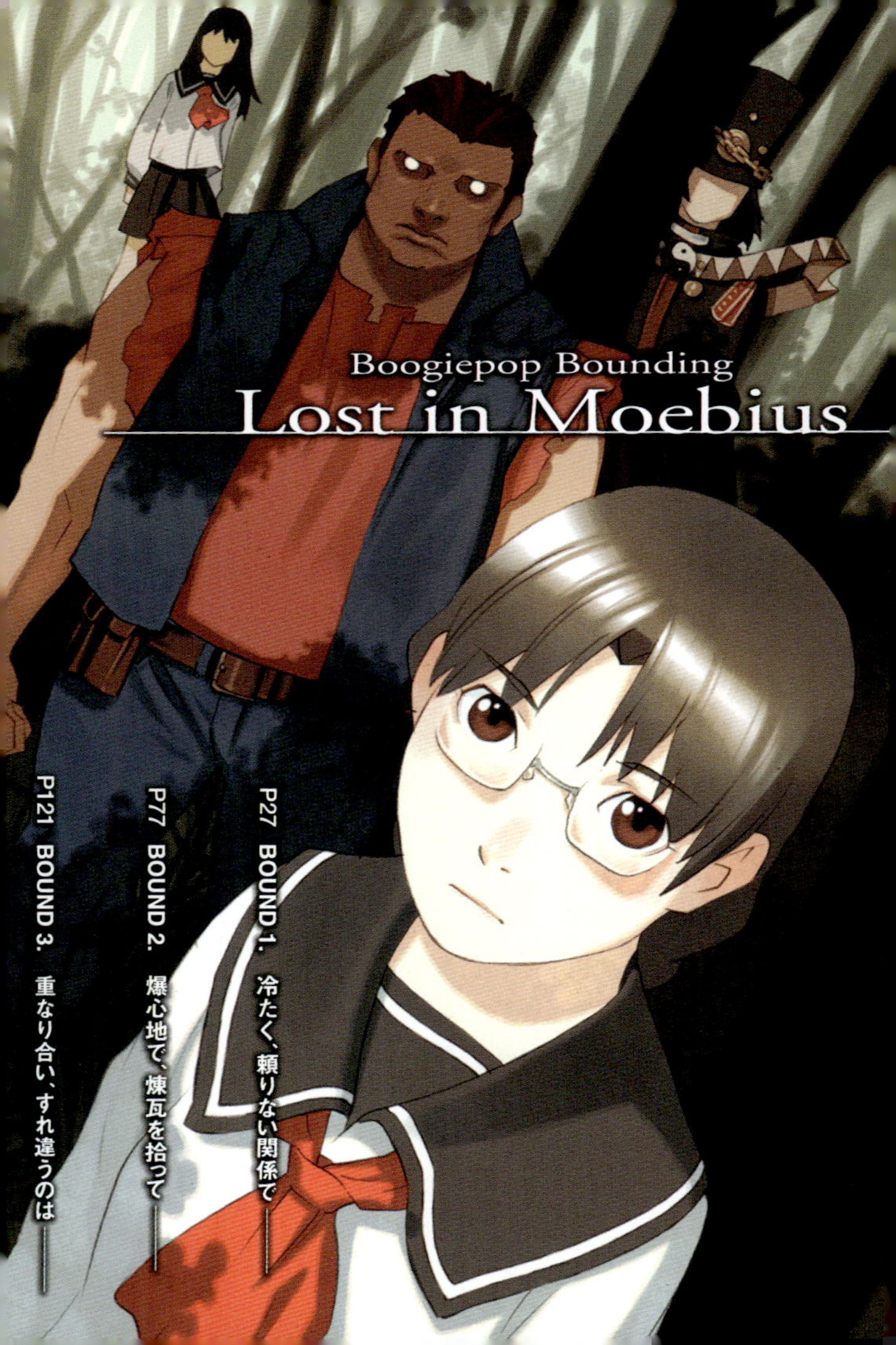
Boogiepop Bounding
Lost in Moebius
P27 BOUND 1. 冷たく、頼りない関係で――
P77 BOUND 2. 爆心地で、煉瓦を拾って――
P121 BOUND 3. 重なり合い、すれ違うのは――

esign:Yoshihiko Kamabe

遠いどこかで、でも真ん中で
破裂する
ほんの近くで、でも無関係に
破裂する
そこには後にはなんにもない

何が欲しかったのかもわからない
何がしたかったのかもわからない
残っているのは小さなレンガ
赤いレンガのひとかけらだけ

それを拾っても、もう壁にすらならない

——みなもと雫〈爆心地の煉瓦〉

おおう、おおおう……

おおう、おおおう……


薄暗く、湿った森の中を風が吹き抜けていく。

その中を、三人の男女が歩いていく。

十代後半と思しき少年と少女、そして五歳ぐらいの子供が一人——親子と言うには歳が近すぎるようだ。実際、そういう関係でもない。

少年と少女の方は割と普通だったが、彼らが連れている子供の方は、これは歴然と奇妙な姿をしていた。

その子供の肌の色は、赤いレンガのような色をしているのである。色だけでなく、その表面はつや消しでややがさがさとした質感で、潤いというものがなかった。地上にいるどんな人間とも似ていない、それは異様な存在だった。およそ人間離れしている。頭に角でも生えていれば、赤鬼とでもいうところだろうか。


「——」

そして、無表情である。

子供にありがちな、自分の気分を今一つ外界に表現できない未熟さ故――というのとは少し異なり、そこにはおよそ意志というものが欠落しているようだった。まるでその肌の色と同じに、レンガが転がっているのと変わらない印象しかない。

「――」

その口はいつも半開きで、そこからはわずかに空気が漏《も》れている。

それはあまりにもかすかなので、少年と少女の耳には届いていなかったが、そこから漏れだしている音は、

おおう、おおおう……

と、外を流れている風の音とそっくりなのだった。

子供には名前がない。だからこの子を呼ぶのに、少年と少女は便宜上〝ブリック〟と呼んでいる。その名の通り、レンガという意味だ。

そして常にその子の側にいる少女は、おとなしそうで、少しだけうつむきがちな印象のある娘だった。

彼女の名は織機綺《おりはたあや》。

かつては苦しく過酷な境遇を経てきた少女である。しかし今では平和な生活を手に入れたはずだった。

だが今、彼女は再び——得体の知れない危機に直面していた。

＊

「……はあ、はあ……」

織機綺の息は、もうかなり荒い。ずっと足場の悪い山の中を歩きづめで、だんだん足を上げるのも苦しくなってきている。なにしろもう、四時間も進み続けているのだ。

彼女のすぐ後ろには、一人の子供がついてきている。最初は手をつないでいたが、山道を歩くのに両手が使えないとバランスをひどく取りづらいので、今は彼女の腰のベルトに結わえ付けた紐《ひも》を摑まらせている。

そして、前には一人の少年が歩いている。

綺の通っている調理師専門学校の生徒の、蒼衣秋良《あおいあきら》である。彼女と同じ時期に入学した同期生だ。

だがこっちには、綺のような疲れはないようだった。

ん、と疲弊《ひへい》している綺に蒼衣は顔を向けてきて、

「何している、アゴを出している余裕なんかないんだぞ」

と厳しい声で言った。顔立ちは整っていて、むしろ線の細いイメージの少年なので、その厳しさがますます鋭い印象になる。

「うん……わかってる」

綺は文句を言わず、素直にうなずいた。

二人の着ている服はどっちもひどく汚れていて、しかも普通の外出着である。とても山歩きには適さないような軽装だった。靴も、綺は普通のスニーカーだ。蒼衣に至っては……何も履いていない。裸足《はだし》である。それで岩や折れた木の枝などが散乱している山の中を平気で歩いている。歩くだけではない。とても抜けられないような藪《やぶ》を先行して切り開いて綺たちが通れるようにしているのも蒼衣だった。

その細い身体のどこにそんなタフさがあるのか——常識では考えられないことであるが、常識の存在ではないのだから当然だった。蒼衣秋良は合成人間であり、常人に倍する体力と反射神経、そして戦闘能力を持っているのだから。

「——わかっているわ」

綺は繰り返した。自分に言い聞かせているような響きである。彼女も合成人間であるが——体力も耐久力も通常人の少女と何ら変わるところのない失敗作なので、蒼衣のペースについていくのは大変だった。

その彼女の後ろを、この山で出逢った子供、ブリックがついてくる。

こっちにはなんの疲労の色もない。というよりも、なんの感情もないような無表情である。髪の毛はぼさぼさ——身体は痩《や》せこけている。着ているものは綺と蒼衣の上着を重ね合わせたもので、足元の靴も蒼衣のスニーカーに詰め物をした在り合わせのものだ。

靴がいるのかどうか、彼女たちにはわからなかったが——とりあえずその足の裏は柔らかくて、すぐに皮が破れてしまいそうだったので履かせているのだった。

だがその無表情も、この子の異様な外見に比べれば平凡なものだ。

その皮膚の赤く、しかし暗く、掠《かす》れたようにつや消しの質感は、異様な癖にどうも壁を前にしているような気になる。

触ると柔らかいのが逆に不自然だった。そのくせその皮膚にはなんの潤いもないのだ。かさかさと水気がない。しかし乾涸《ひか》らびているわけでもない——。

「……わかってる、わかっているから——」

綺の声がなんだか譫言《うわごと》のような様相を呈しはじめてきたので、蒼衣はちっ、と舌打ちして、その場に座り込んだ。

「これ以上は無理のようだな。ここで小休止しよう」

「いや——大丈夫……」

綺はまだブツブツ言っていた。疲れすぎていて、頭がうまく回らないのだ。

「大丈夫だから、正樹《まさき》――」

自分たちが、どうしてこんなところにいるのか、なんで逃げているのか、よくわからなくなる……逃げる？

（そうだったわ――私は、晩餐会の準備で、バスに乗って――）

筋道を立てて考えようとするが、脳に血が流れ込んでいないようで、ぼーっとしてしまう。

「――」

そんな彼女の裾《すそ》を、ぎゅっ、と掴む感触がある。それはなおも進もうとしていた綺を停めようとしているようでもあった。

ブリックだった。

そのガラス玉のような感情のない眼が、まっすぐに綺を見つめてくる。

「――え？　なに……」

綺がぼんやりとした声でその子に訊ねると、前の蒼衣が、

「そいつも休めって言いたいようだぜ。織機、君は気づいてないかも知れないが、さっきから譫言を繰り返していたんだぜ」

蒼衣は、自分の方から先にさっさとその場に座り込んだ。特に綺に手を貸してやろうとはしない。

「――え」

「なんかずっと〝大丈夫だから、マサキ――〟って同じことばかり繰り返してな。何が大丈夫なんだか。なんだ、マサキってのが君の、例の金持ちのボンボンの彼氏か」

蒼衣はやや嫌味っぽく言った。しかし綺はそれに怒る気力もない。

彼女の大切な人、谷口《たにぐち》正樹はここにいない――自分は今、彼からとても遠いところにいる。とてもとても遠い――彼のいる世界とは断絶した、距離ではなく、なにかもっと絶対的なものが遠い、ここは異様な場所――。

「でも、私たちは――逃げていて」

綺はなおも抗弁しようとする。口にして、あらためて思い出す。

そうだ、逃げているのだった。

あの得体の知れない敵から、すべてを呑《の》み込んでしまう螺旋《らせん》の悪夢から、彼女たちは逃げていて――。

でも、どこに逃げているのだろうか、彼女が混濁した頭でそう思ったとき、

「どこに逃げているんだ？」

蒼衣の方から言われていた。

「僕たちは、とにかく危険から距離を取っているだけだ。どこに向かっているのか、そんなものはわかりやしない。下り坂をずっと降りてきたのに、山のふもとに全然辿《たど》り着けない。まるでメビウスの輪だ。――だいたい、太陽は今、どこにあるんだ？」

蒼衣が忌々《いまいま》しそうに言ったので、綺も顔を上げて空を見た。

空は曇っている……というよりも、灰色をしている。

全体にまったくメリハリのない、ただのグレーのカーテンのような空ばかりがどこまでも続いていて、光がどこから来ているのかさえわからない。地上も空も、同じように薄暗い。

八時間前と、まったく変わらない空がそこにはあった。

日が暮れもせず、明るくもならない――。

「これじゃあ北も南もわからない。正直、僕もこれ以上進んでいいのかどうか迷っていたところだ。この辺でしばらく様子を見よう」

蒼衣は冷静に言った。

綺も、ここでやっと横倒しになった倒木の上に座り込む。腰をちょっと曲げたらたちまち、がくっ、と身体が落ちて、いかに自分が疲労していたのかやっと自覚した。

特に腕を振り回していたわけでもないのに、がくがく、と肩の辺りが震えている。彼女の服は、左腕の袖だけがどういう訳か欠落している。肘《ひじ》に当たるところからすっぱりと切り取られていて、腕が露出していた。その切り口はハサミで裁断したかのようなシャープさだったが、そのくせ周囲はしわくちゃで、お洒落で切ったのではないのは歴然としていた。切り口の辺りには茶色の染みがあって、それは――

「……ん？」

きゅっ、とその彼女の手を、ブリックが握ってきた。その手のひらは暖かくも冷たくもない。ぬるま湯に手を突っ込んでいるような感じだ。人間の体温と同じであるのだが、やはりどういう訳かそれはただの〝熱〟であって〝ぬくもり〟というものを感じさせない。

「――――」

その赤レンガ色をした子供は、人形のような眼で相変わらず綺を見つめてくる。

「――うん、平気よ。ちょっと疲れただけ」

綺が話しかけると、ブリックはうなずいた。蒼衣がやれやれ、とため息をついて、

「しかしそいつ、本当に君になついているなあ。なんだ、刷り込みってやつか？」

「――――」

ブリックは何も言わない。

「おい、おまえ――どこから来たんだ？　それともこの異次元みたいな空間――〝牙《きば》の痕《あと》〟とか呼ばれているらしいここが、おまえの住処《すみか》か？」

蒼衣が訊《き》いても、その子供は、

「――――」

と返事をしない。

「言葉がわからないのかな、やっぱり――」

蒼衣が肩をすくめたそのとき、周囲の風の音に変化が生じた。

……きぃぃ、ぃぃぃん……

というガラスを引っ掻《か》くような高音が混じり始めていた。

「……！」

焦って綺が立ち上がろうとしたのを、蒼衣が止めた。

「待て、まだ遠い――今は動かない方がいい。やり過ごそう」

その物腰は十七歳という年齢に反して、とても落ち着いている。やはり戦闘訓練などを受けているのだろうか――。

「……蒼衣くんは、どんな任務に就いていたの？」

ぼそぼそと小声で訊《たず》ねる。不安を紛らせたくて、どうでもいいようなことを訊いてみたのだが、これに蒼衣は、

「いや、僕は統和機構《とうわきこう》に創られたわけじゃないからな」

と、さらりとした口調で言った。

「全部、我流だ」

「え……？」

統和機構に創られたわけではない、合成人間？　どういうことなのだ？　そんなものがこの

世に存在しうるのか？

蒼衣はそんな綺の動揺などお構いなしで、冷静なまま、

「だから別に、システムに命じられて君の監視をしていたわけでもない――」

と言いかけたところで、蒼衣は口に指先をあてて、黙れというジェスチャーをした。

きーん、という高音が彼方《かなた》の方で移動している。

そして、木々の隙間からその様子が見えた。

遠くの方の森が、びりびりと震えている。小刻みに、まるで木の一本一本が下で人が揺さぶっているような、風で揺れるときのような全体のうねりというもののない、異様な振動だった。

さらにそれらが、次々と引き抜かれていく。

一本一本が、さながら竹トンボのようにぐるぐるぐると回転させられながら、宙に舞い上がっていく。

竜巻――そう呼ばれる現象に似ていたが、その螺旋の描き方が妙に規則的で、その存在ひとつひとつに作用していて、まるで〝そういう風に動け〟というプログラムを入れられたかのようだった。

渦動――それに侵されているかのような……。

回転しながら、木々は同時に粉砕されていく。粉微塵《こなみじん》になり、散り散りに空に拡散していく。

そして――見えた。

螺旋渦動に破壊されていく森の中に、そのただ中に、ちら、とその姿が見えた。

竜巻の〝本体〟が。

それは太さにして七メートル程度の、天に向かって伸びるぐにゃぐにゃの柱だった。だが竜巻にしては異常すぎた。その中心部分がどういう現象なのか、ぼうっ、と光っているのだ。だから形として、はっきりと認識できる。

そしてその周囲に飛び散っているのは、どう見ても稲妻だった。竜巻からスパークが放射されているのだ。

そして何より異様なのは、動きだった。

本来の〝つむじ風〟としての竜巻はくるくる回りはしても、その進行方向は常に片道で、逆行するなどというのはあり得ない。だがその巨大な螺旋は、あっちこっちへとふらふらと、およそ無軌道にさすらっているのだった。如何《いか》なる計算式を組んでも、空を飛ぶ蝿《はえ》の動きを正確に予想することはできないというが——それに似ていた。この混沌《こんとん》は生き物じみていた。

発光する竜巻は、それでも徐々に彼女たちから離れていくようだった。シルエットが遠ざかっていく。

「……向こうに行くようだ。こっちのことを感知してはいないな」

蒼衣が、ふう、とため息をついた。それは安堵というよりも、あらためて納得したという感じの吐息だった。

「……あれは、なんなのかしら——」

綺は、茫然《ぼうぜん》としながら呟いた。

光の竜巻——あんなものがこの世に存在するのは信じられないが、実際ここはこの世なのかどうかさえわからないのだから、むしろ不自然なのは彼女たちの方なのかも知れない……。

蒼衣も首を振って「さあな」と投げやり気味に言った。それから表情をやや鋭くして、

「——しかし、圧倒的なものすごいパワーだな。ぶっとい樹木が、まるでボロ雑巾みたいに絞られて、ねじ切られて——あれだけの力があれば、あるいは——」

ぶつぶつと呟いたが、小声だったので綺にはよく聞き取れなかった。

「え？　なに、何か言った？」

「いや——なんでもない」

蒼衣は首を横に振って、曖昧《あいまい》にごまかした。だが彼は実はそのとき……

〝あれだけの力があれば、統和機構の力など借りなくとも、復讐《ふくしゅう》を遂げることができるかも知れない。あれを利用できれば、正体不明の死神にも勝てるのでは——そう、あのブギーポップにも、だ——〟

……と、言っていたのだった。

Boogiepop Bounding

ロスト・メビウス

Lost in Moebius

bound【baund】

1. bindの過去分詞型。縛られた、閉ざされた、の意。
2. 自動詞。飛び跳ねる、踊る、飛び去る、の意。
3. 名詞。境界、区域、範囲、限定、限界、の意。
4. 他動詞。…を限度内に留める、抑制する、の意
5. 形容詞。…へ行くつもりの、……への途上にある、の意。

BOUND 1.

冷たく、頼りない関係で——

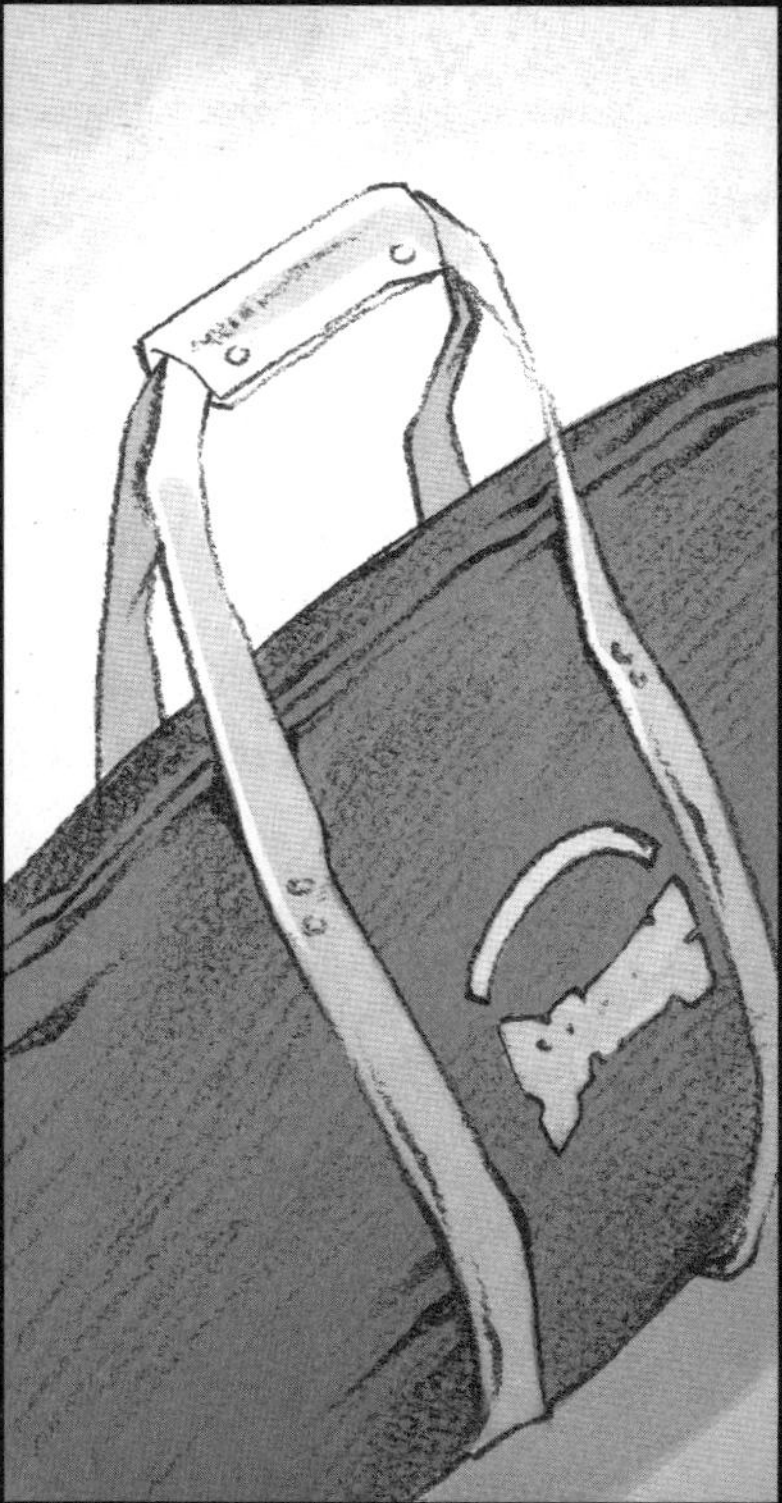

彼は、自分でもよくわからない感覚に引っ張られるようにして、時折後ろを振り返る。

別にそこにはなにがいるという訳でもない。

誰がいるという訳でもない。

だがそれでも、彼はどういう訳か頻繁《ひんぱん》に後ろを振り返る。

まるで何かが自分に今にも追いついてくるのではないか、という不安に駆られているかのように。

あるいは自分がどこに来てしまったのかわからない迷子《まいご》が、すぐ後ろに探しに来てくれた保護者が立っているのではないか、と思っているかのように。


彼には名前がない。無論、戸籍上には記された名前があるし、周囲の人間が呼びかける名称もある。だが彼は、とにかくずっと長い間、違和感に囚われ続けていたのでそれが自分の名だとはどうも実感できないのだった。自分を表すための適当な表現はこの世に存在していない、それが彼の正直な気持ちで、だから彼は記名欄などに自分の名を書かされるときにはしょっちゅう、それを間違えてしまい、子供の頃はそれでテストを零点にされたりしていた。それでも彼は、それが自分の名前だとはどうしても思えなくて困ったものだった。

だから彼のことを便宜上、メビウスと呼ぶことにしよう。

メビウスは子供の頃、さまよいこんだ山中で、空から何かが降りてくるのを目撃していた。

それがなんだったのか、彼は未だにわからない。

気がついたときには、ひとり、山のふもとで倒れていて、ぼーっとしたまま家に帰ったところ、一週間もどこに行っていたと両親にこっぴどく叱られたが、彼としてはせいぜい二時間ぐらいしか経っていないようにしか思えなかった。

だが、後から思えばそれがメビウスの、世界との断絶を自覚させられた最初の体験だった。

それからずっと、メビウスは居心地の悪い思いをし続けている——この世界のどこにも、自分のいるべき場所などないような、そういう感覚がつきまとって、離れない——自分のいるべき場所が別にあるような——。

もしも、その場所に、その目的に辿り着けるものならば、メビウスはどうせ自分とは何の関係もないのだから、と、

(世界中のすべてと引き替えにしても、かまわない——)

そう思っているのだった。

そのメビウスが最近、どうも気になって気になって仕方のないことがあった。一年ぐらい前から、その感覚はつきまとっているのだった。

あの山——

彼が、最初にこの世とのズレを自覚した、あの山のことがどういうわけか頭から離れなくなってきたのだ。

とっくの昔に引っ越して、その地からは遠く離れた場所で生活するようになって数十年が経過したというのに——あの山のことが妙に思い返されてならない。それはほとんど強迫観念のように、

（あの山の、窪みに——あの〝爆心地〟に——）

という言葉ばかりが反響しているのだった。

1.

料理の専門学校に通っている織機綺が久しぶりに、全寮制の男子校にいる谷口正樹と会えることになったのは、秋も深まってきたある日のことだった。

「……でも、学校も忙しいんでしょう」

綺が電話口の正樹にそう言うと、彼は笑って、

〝忙しいとかいうことはないよ。会社じゃなくて高校なんだから。課題をクリアすればいいだけのことで、そこで何か具体的な成果を出せと要求されるわけじゃないんだから〟

と呑気《のんき》に言った。綺も、だんだんわかってきているのだが、この彼女の恋人は自分の優秀さを今一つ自覚していないので、すごく偉そうに聞こえることを平気で言ってしまうという癖がある。

「……正樹、私だったら、課題をクリアするのってすごく大変だと思うわ」

さりげない口調で言うと、あ、という声が聞こえてきて、

〝い、いやそういう意味じゃなくてさ。ええと——頑張ってはいるんだよ？　でもさ、綺と会えるのって久しぶりじゃないか。だからさ——〟

焦った口調で言われる。綺にはそれが妙におかしい。

くすくす笑ってしまうと、向こうからも、

〝へへへ〟

という照れ笑いが返ってきた。それからちょっと心配そうに、

〝でも、君の方こそ結構大変なんだろう？　課題って言ったって、こっちのテストとかと違って、誰かに食べさせたりするんだろう？〟

「ええ——実は今度、学園長が主催する晩餐会の、下拵《したごしら》えのアシスタントをすることになって。割と——忙しいかも」

つい口が滑って、そんなことを言ってしまった。

〝それは凄《すご》いじゃないか！〟

正樹も素直に感心している。

それは優秀な生徒だけが選ばれる、特別な課題なのであった。だから正直言って、嬉しい。

でも正樹の今の、我が事のように喜んでくれた声を聞くと、ああ、しまった——とは思った。

直接会えたそのときに教えて、その場で喜んだ顔を見たかったな、と思った。

この二人の馴れ初《そ》めは結構複雑で、しかも順調でもなかったので、こういう他愛のない会話でもとても新鮮で、貴重なものだった。

〝じゃあ、会えたらその話も聞かせてくれよ。ああ、もう終わっちゃってるかな？〞

「うん。今度の土曜日だから——」

会う約束をしているのは日曜日である。

〝終わったすぐ次の日かあ、疲れてるんじゃないかな。大丈夫？〞

正直それは自分でも不安ではある。でも綺は、

「うん、平気」

とさりげない口調で言った。

それからしばらくの間、二人は他愛ない話を続けたが、どちらも時間切れになったので、それじゃ、と通話を終えた。

今は昼休みで、もうすぐ午後の授業が始まるのだった。実習ではなく、栄養学の講義だから前準備はいらないが、それでもチャイムが鳴る前に席に着いていなければならない。

電話に集中していたかったので、綺は人が滅多に通らない非常階段に座っていた。そこから立ち上がって、廊下に戻ろうとした。

その前に、ぬっ——という感じで一人の男が立った。

彼女と同じここの生徒で、同じようにコースの途中から入学してきた、まだ若い少年——そいつがいた。

「やあ、織機さん」

そいつはどこか馴れ馴れしい口調で話しかけてきた。いつものことだったが、声を掛けられるまで、そいつがそこにいることに気がつけない。

影が薄いというのではなく、なんだか——存在感を自在に変化させられるみたいに、そいつはいつも唐突に現れるのだった。

「——蒼衣くん」

綺は、この男が苦手だった。同じ中途募集の際に一緒に学校に入った同期だからなのか、最初からなんだかよく話しかけてきたりして、人見知りのする綺には正直ちょっとうっとうしい。

蒼衣秋良——そういう名前だった。

「今の電話の相手が噂の、君の彼氏かい？　お金持ちのお坊っちゃんだという」

遠慮のない口調で、立ち入ったことを訊いてきた。立ち聞きでもしていたのだろうか。そして、それを悪びれずに言ってのける。

「…………」

綺はいつも返事に迷う。はっきりと拒絶すべきなのだが、彼女は長い間、自分の意志を表に出すなと言われ続けの生活を送っていたので、こういうときにどうすればいいのか、よくわからないのだ。

「わかってると思うけど、今度の晩餐会《ばんさんかい》の時は、君は僕の班に入ってもらうから」

蒼衣は微笑みながら言った。それだけ見れば、かなり整った笑顔ではあるのだが、しかし綺には、彼女も似たような笑顔を他人に向け続けてきていたことからも、わかる——それは上辺《うわべ》だけの、取り繕《つくろ》っているだけの笑顔なのだと。

本当の真意は別にある、目的のある笑顔だった。

（私を——）

どうにかしたいのか、この人は——と綺は考えるのだが、そういう匂いもあまりないのが、この蒼衣という男の奇妙なところだった。単純にライバル視されているだけなのかも知れない。二人とも成績優秀で、先生によく誉められるから、それで張り合っているのか——というか、そうとしか思えない。

「ええ……わかってるわ」

どうせ参加生徒はひとつの班に固められるのだ。命じられる下拵えの内容にもよるが、基本的には素材のチェックなどは蒼衣の方が綺よりも遙かにうまい。いや、目利きに関してはこの男が学園一だろう。責任者を任されるのは間違いない。

「ちゃんと僕の指示を聞いてくれよ。ナンバーツーの君が率先してやってくれれば、他の連中もついてくるからね」

「……別に、私は」

ナンバーツーなどではない、と言おうとしたが、蒼衣はもうそのときにはきびすを返して、

「じゃあ、話はまた——早くしないと次の講義に遅れるぜ」

と言いつつ、先にさっさと教室の方に戻っていってしまった。

「…………」

綺はやや不明瞭な表情で、蒼衣を見送る。

なぜかいつも、彼女は——あの男を見ていると、胸の奥でもやもやとしたものが生じるのだった。

（正樹に会わせてあげた方がいいのかしら……）

何故《なぜ》か、そんなことを思う。どういう根拠でそう思うのか、自分でも今一つわからない。

だが——もし彼女がもう少し自分を客観的に見られたら、その答えはすぐにわかったはずだ。

あの男が、正樹と会う前の自分にどこか似ているのだ、と——その、心のどこかが決定的に、がちがちに凍りついてしまっているところが。

そして、かつて統和機構にいた頃にも、戦闘や情報分析の訓練を受けたことすらない彼女に

は、蒼衣秋良の奇妙な存在感が何なのか、まったくわかっていなかった。

それは〝殺気を消す〟というものに由来しているのだった——。

（……この程度のこともわからないとは、まったく無能で、確かに役立たずの合成人間だな、なあカミールよ——）

蒼衣秋良は、歩み去りながらも、背後の織機綺のぎくしゃくした動作をしっかりと把握している——足を一歩前に出した、今この瞬間に床を滑るように逆行して足払いを掛けてやれば、後頭部を強打してあの女は簡単に死ぬ。それがわかっている。

しかし——別にあの女を殺したところで、何の意味もない。そもそも彼はカミールこと織機綺のこと自体はなんとも思っていないのだ。好意も悪意もない。

ただ——利用する必要がある。

（そうとも——あいつだけが、たったひとつの手掛かり——スプーキー・エレクトリックという謎の死を遂げた合成人間の、その直接の部下にして、死んでいた場所の近くにいた——わかっている内では、たったひとり）

そして、スプーキーEは、誰に殺されたのか？

自殺だと言われている。己の能力で、己を滅ぼしたのだと——だがこれにあの女、雨宮《あまみや》が異論を唱えた。

「私の知っている限りでは、スプーキーEは絶対に自殺などするはずのない人間だったわ」

その話は、もう半年近く前に聞いたものだ。いつものように、雨宮の仕事を手伝ってやる代わりに情報を得る、その接触の時だった。

雨宮美津子《みつこ》。その女は表の職業とは別に統和機構にも所属し〝リミット〟という名を持ち、しかもかなりの地位にいるらしい。双子《ふたご》の姉妹がいて、そっちは〝リセット〟と呼ばれているそうだが——それも蒼衣にはどうでもいいことだった。

「そして、スプーキーEは片耳を何者かによって斬られていて、そのことを恨みに思っていたらしいんだけど、誰にやられたのかは決して言わなかったそうよ。でも、ぼそりと呟いた言葉を聞いた者がいる。その報告によると、彼はこんなことを言っていたそうよ——〝あの黒帽子が〟と」

その言葉を聞いて、蒼衣の顔色が変わった。

「そいつは〝奴〟のことなのか？」

「さあ、それはわからないけれど、しかしいわゆる噂話の特徴には一致しているわね。その、あなたの復讐の相手——ブギーポップには」

その名をリミットは軽い調子で言った。あまり重要だと考えていない調子である。

「…………」

蒼衣は腕を組んで、考え込んだ。その単語があちこちで囁かれる度に、彼はそれを追ってきた。だがどこに行っても、芳《かんば》しい手掛かりは得られなかった——だがこれは、かなりの信憑《しんぴょう》性《せい》がある。何よりも統和機構が、直々に確認している、合成人間の不審死なのだ。

「——スプーキーEという奴は、なにか致命的な失敗でもしていたのか?」

「システムを裏切っていた可能性があるんだけど、でもその動機がわからない——そもそも野心とかそういうものとは無縁の皮肉屋だったしね。それが何かに、ムキになって挑んでいたような気配がある——その相手は不明よ」

「……なるほど」

蒼衣はうなずいた。色々と辻褄《つじつま》が合っているようである。

「スプーキーEには仲間はいたのか?」

「仲間はいないけど、奴が持ち出した出来損ないの合成人間が、今も生きているわ。名前はカミール——一般的には織機綺と名乗っているわ。あまりにも大したことないので、逆に見逃されているんだけど……興味ある?」

「ああ——あるね。大いにある」

こうして、蒼衣は織機綺の情報を摑んだのだった。

この手の出来損ないの放置を、統和機構はよくやるらしい。それが何らかの事態に発展しそうになるなら、そのときこそ意味があるという——要は抵抗勢力を釣り上げるための餌であり、罠《わな》なのだ。どうせ織機綺は何も重要なことを知らないし、肉体的にも普通の人間と違いがないのだから。

だが——蒼衣にとっては、その存在はまったく別の意味を持つ。

彼が知る限りで、ブギーポップと出会ったことのある可能性を有する、ただ一つの生きた手掛かり——こいつに喰らいついていれば、あるいは再びブギーポップがこいつのところに現れるかも知れない。

（そうだ。もしも奴が真に死神であるなら、この織機綺も殺すために、だ——）

そう、彼のその空虚な人生の中で、たったひとつだけ〝意味〟を見出せたかも知れない相手——精神分析医の来生真希子《きすぎまきこ》を殺したように。

「…………」

彼が廊下を進んでいくと、一人の生徒が彼の前に立ちはだかるようにして、

「よう、蒼衣」

と呼び止めてきた。

どこぞのレストランのオーナーシェフの息子だとかいうそいつは、大して腕も良くない癖に、俺は将来は親父の店を継ぐからと言って自慢ばかりしている。

「なんだ」

蒼衣は素っ気ない返事を返した。

「おまえ、また織機と一緒にいただろう。二人っきりで何してたんだ？　ええ？」

いやらしい口調で絡んできた。

「別に……今度の晩餐会のことで、話をしていただけだ」

「話、ねえ——そういや、おまえ織機の話を知っているのか？」

「——なんのことだ」

「いや、あの女って、あんな風におとなしそうな顔してやがる癖に、前は結構、色んな男と遊びまくっていたって話だぜ？　割と有名らしい、公衆便所の織機ってな——」

下卑《げび》た笑いを浮かべて、得意げに言う。

「…………」

蒼衣は冷たい眼で、相手を見つめ返す。反論されないことで相手は調子に乗って、

「おまえにも、あの女にも親がいねえしな。やっぱりそーゆー連中はくっつくもんなのかねえ。お似合いいっちゃお似合いなのかあ。いひひひひひ」

得意げな、そのだらしない顔に向かって、蒼衣は静かな口調で、

「おまえが聞いたっていう、その織機の話というのを、もう一度——思い出してくれないか？」

と言った。それは別に、さほど凄みのある声というわけでもなかった。

「あ？　だからよ、男をいくらでもくわえこんでいて——」

と相手が言いかけたところで、その声が唐突に停まった。

それも無理はなかった。

そのとき——そいつの額の、そのど真ん中に蒼衣の、右手の小指が突き刺さっていたからだ。

空手の奥義には、抜き手と称する生身の指先で、人間の肉体を貫通するという恐るべき技が存在するが——そんな次元のものではなかった。

突き立てた小指だけが、相手の頭蓋骨を貫いて、脳にまで達している——。

「…………」

蒼衣の表情は冷たいまま、まったく変化がない。

彼は、それを繰り出したのと同じくらいに素早く、指を相手の頭から引き抜いた。

ふらっ、と相手の身体は揺らいだ……だが、その頭に開いた風穴のような傷痕には、明らかに異常が生じていた。

その断面がみるみるうちに盛り上がってきて、血が一滴も流れ出さない内に、たちまち塞がって——一瞬後には、穴があいていたこともわからないほどに、治ってしまっていた。

「——あー……」

ぼんやりとした表情の、その相手に向かって蒼衣は囁きかける。

「織機綺は優秀な生徒——それ以上のことは、自分は何も知らない」

「……織機は優秀——何も知らない——」

ぼんやりとした口調のまま、相手は彼が言うことを反復する。

「自分はその優秀さに嫉妬《しっと》して、あることないこと言っていた――」

「……織機に嫉妬して、言っていた――」

「もう二度と、そんなことは言わないようにしよう」

「……もう、二度と言わない――」

「教室に戻ろう」

「……教室に、戻ろう――」

そしてそのまま、ふらふらと歩いていってしまう。

人間の脳にある記憶というのは、実は電気信号の蓄積と反復に過ぎない。それをいったん完全に絶ってしまうと、たとえ後から傷が治ったとしても、記憶は戻らない――。

それを利用して、蒼衣秋良は自らの能力、指先から発する生体パルスで他人の生体活性化作用を刺激し、過剰なまでに促進させて相手の傷を治すという特殊能力を使って、敵の記憶を操作することができる――これを彼は〝コールド・メディシン〟と名付けて、呼んでいる。

(織機綺は大切な餌だ――ブギーポップに復讐するまでは、守らなくてはな……)

そして彼も、何事もなかったかのように廊下を歩いていった。

2.

それは〈牙の痕〉と呼ばれている。

それを他のものにたとえるならば、勢いよく回っている球体を、手でそっと触れて、回転を停めようとするときの様に似ている。球体の勢いが良すぎて停められなくとも、その際に球体の表面には指紋が残る。

しかも、回転の方向に一致する形で、歪んだ形で残されているはずだ。ずれて、横に伸びている——。

これの規模をとてつもなく巨大なものに当てはめて考えてみる——公転運動をしている地球そのものに、外から何かが触れたとする——その痕も流れるような、いびつな形状をしているはずである。

あくまでも推論のひとつであり、それが結論ということではない。だが——その異常な空間の、奇妙な形状はそう考えると説明がつくのだった。

それを発見した科学者は、後に統和機構の主要メンバーの一人になった際に、中枢《アクシズ》にこう説明したという。

「そう、なんというか——牙で嚙《か》みつかれた痕のようでもある。四つ、同じような形状の断層があり、それが平行に並んでいる。爪で引っかかれたというよりも、ただ撃ち込んだのが、地球の公転でずれていっただけのような——だから牙なのだが」

その言葉から、それを総称して〈牙の痕〉と呼ぶようになった。

それについて、統和機構がどのような態度を取っているかについては、

（謎が多い——というよりも、ほとんどわからないというのが、事実だわ）

雨宮美津子こと、リミットはそのことについて、ずっと考えている。

そこは、その名を聞けば国中の人間が眼を剝いて驚くような、そういう公共機関の頂点近くにある執務室だった。彼女は、そこの裏の主として公職に就いているのである。責任者でもない癖に、事実上の決定権を握っている。

そして同時に、彼女は極東方面における統和機構の支部長とでもいうべき地位にいることにはなっているが——それにしては知らされないことが多すぎる。中枢《アクシズ》がどのような存在なのかさえ知らないのだ。

それについて不満があるわけではない。あるのはむしろ、不安であり、恐怖である。

いつ、どんな形で自分が切り捨てられるのか、わかったものではない。

たとえ彼女に、ほとんど無敵の能力とすらいえる〝エアー・バッグ〟の力があったとしても、そんなものは何の役にも立つまい。

世界そのものを敵に回すようなものだ。とても生き延びる自信はない——。

（私たちは、いつも——怯《おび》えているわね）

彼女も、そして妹のリセットも、統和機構が作った合成人間ではない。おそらく能力も、生まれついてのものだろう——ただし、二人とも先天性の難病にかかっていたから、統和機構の

〝治療〟という改造処置を受けなければ生き延びることはできなかっただろうし、能力をまともに使えるようになったのも改造後のことだ。統和機構の方も彼女たちが抹殺すべきMPLSなのか、制御可能な合成人間なのか決めかねているようでもある。

リミットは、今でも時々思い出す——自分がまだ子供だった頃のことを。

ぼんやりとベッドの上で寝てばかりいるしかなかった、あの頃のことを。

（あの頃、でも世津子はよく笑っていたわ。なんだろう、後悔だけはしないっていうのがあの子のあの頃の口癖だったけど——）

隣に寝ていた妹は、夜になって、眼を閉じて眠るとき、明日の朝には目覚めないかも知れない自分を知っていたから、今日はああすれば良かったとだけは、絶対に思いたくなかったのだろうか。常に取り返しがつかないのが、彼女たち姉妹の人生だったから——いや、それは命懸けの任務にばかり就いている今でも変わらないことだった。

（世津子、あなたは——今でも後悔だけはしたくないって、人にもさせたくないって、そう思っているのかしらね……）

もう、双子が顔を会わせる機会もあまりないし、あったとしても任務中ばかりだ。会話のほとんどは実務的なことであり、内心はもはやわからない。

統和機構という巨大な存在が、彼女たちの上にのしかかっていて、それを取り除くことなど夢のまた夢——ずっとそう思ってきた。

（でも、そう――だけど）

だが――その統和機構が、その〈牙の痕〉がらみのことになると、妙に慎重――というか、距離を置いているところがある。統和機構ですら、恐れている――そういう印象がある。

（宇宙から落ちてきた隕石《いんせき》みたいなものなのか、それとも地球公転から切り離された地上の現象だったのか、まったく不明だが――断片的な情報の、それも伝聞に過ぎないから、確かなことはわからないけど――）

――四つのうち、ひとつは回収できたものの、例のマンティコア・ショックの際に失われ、もうひとつは〝目撃したのに、誰にも認識できなかった〟ということで取り逃がし――

（――これらの言葉が何のことだかすら、私には想像もつかないが、だが……）

問題なのは、四つのうちの二つしか、まだ確認できていないということだった。

まだ、あと二つも残っている。

「…………」

彼女の広い木製の重厚なデスクの上には、一枚の招待状が載っている。

それは、優秀な生徒を育てることで知られている調理師学校が、斯界《しかい》の実力者や有名人を招いて定期的に行っている晩餐会の、雨宮美津子宛ての正式な招待状であった。

日付は、三日後である。

「…………」

彼女はそれに眼を落としている。

無論、彼女はそれに関係して、蒼衣秋良が動いていることを知っている。

今回の晩餐会ではメインディッシュに旬の鮮魚を使うことが既に決まっているが——この時期にその魚が水揚げされる港は限られていて、そこに今、下拵えを任されている蒼衣たちが向かっていることも、知っている。

知らないはずがない——その魚をリクエストしたのはリミット本人であり、それを任されるのが蒼衣であることも、これは学園の内部事情を知る者なら誰でも知っている。

そして——その蒼衣が向かっているルート上は、それを横切るようにして〈牙の痕〉がひとつ走っていることも——。

（あの少年にはなにか特別なものを感じる。強烈な意志というか、独特のオーラというか——）

それは〈牙の痕〉が発現する、その引き金として科学者が仮説を挙げているもののひとつなのだった。だからこそ、本来なら危険で、即抹殺対象であるはずの、あの〝違法複製品〟の蒼衣を今まで生かしておいて、協力しているふりまでし続けてきたのである。

（いや——もし実際に役に立つならば、本気で協力してやっても構わないんだがな——）

彼女がそう思ったとき、執務室の中央に置かれている電子機器の端末が、ピピッ、と警告音を発した。

それは蒼衣秋良に持たせている小型通信機の、現在地を測定している回線からだった。問題の地点に、奴が近づいているのだ。

「——さて」

リミットは立ち上がり、そのモニターに顔を近づけた。

赤いラインで標《しる》された〈牙の痕〉の上に交錯するように、蒼衣秋良の現在位置の光点が移動していく。

そこには、たしかあの織機綺という少女も一緒にいるはずではあるが、そっちの方は大して問題にならないだろう。

（まさか——ほんとうにブギーポップとやらに、その娘が狙われでもしていない限りはな）

リミットは口元にかすかな嘲笑を浮かべた。その実在を彼女は信じていない。せいぜいが何者かの偽装だと考えている。

ピピピピピッ——警告音が大きくなり、間隔が狭まっていく。

「…………」

リミットが固唾《かたず》を呑んでモニターを注視していると、その画面が突然、ぶつっ、と切れてしまった。

リミットは周囲を見回す。他の照明などはついたままだ。モニターの主電源ランプもついているから、故障でもない。

やがて画面が回復したが、そこには〝電波異常のため、対象と接触できません〟という意味の言葉が表示されているだけだ。

何が起こったのか——少なくともここからではもう追跡は不能になってしまった。だが焦っていてしかるべきリミットの顔は——歓喜に震えていた。

（——来た！　やはり、来たか……！）

彼女は即座に行動に移った。

＊

「——あれ、綺ちゃん？　綺ちゃんじゃない！」

という明るい声が背後から掛けられたので、綺は振り向いた。

駅のホームの向こう側からやってくるのは、知っている顔だった。とてもよく知っている。

彼女が世話になっている霧間《きりま》凪《なぎ》の、その親友である女子高生の末真《すえま》和子《かずこ》だった。綺にとっても、彼女は生命の恩人で、尊敬している。

でもこんな所で会うとは思わなかったので、かなりびっくりした。

「末真さん、どうしたんですか。こんな早くに」

まだ時刻は午前七時前である。駅はがらんとしている。

「いや、受験する大学の下見に行くんだけど。午後からは別口の模試もあって」

末真和子は大変に頭のいい人なので、とても難しい大学を受けるらしいと、綺は凪から聞いていた。

「大変ですね」

「綺ちゃんこそどうしたの？　いつもこんなに早いの？」

「いや、今日はちょっと違うんです。えと、仕入れに行かなきゃいけなくて——いやその、市場はもう開いているので、それを買い付けた人から、ですけど——ええと」

ややこしいことなので、綺は説明に困った。すると末真はくすくすと笑って、

「まあ、要は学校の用事ってことね。聞いてるわよ、綺ちゃんって学校じゃ期待の星なんでしょう？」

と悪戯《いたずら》っぽく言われた。

「そ、そんなことはないんです——けど」

綺は誉められるのに慣れていないので、顔を赤くした。特に末真や凪に誉められると、素直に嬉しくて、とてもくすぐったい気分になる。

するとむこう側からまた、

「末真、どうかした？」

という少女の声が聞こえてきた。末真の連れがいたようだ。

「ああ、藤花《とうか》——」

彼女は、その友だちの方を向いた。

綺は、あれ——と思った。

「こちらは織機綺ちゃんよ、友だちなの」

末真はその藤花という少女に、綺を紹介した。

「プロ養成の料理学校に通っていて、かなり優秀なのよ」

「へえ、そうなの？　私は宮下《みやした》藤花っていうの。末真とは同じ学校で、同じ予備校。よろしく織機さん」

スポルディングのスポーツバッグを肩から下げている藤花は、屈託のない笑顔を向けてきた。普通の女子高生である。

しかし——綺は少し茫然としていた。

その宮下藤花という人を、綺は——その顔だけだが、はっきり知っていたからだ。

もっとも——そのときは、この彼女のような素直な笑顔の表情ではなく、もっとこの、左右非対称というか、決して笑わないというか——人間では、ないみたいな。

「…………」

綺が反応に迷っていると、藤花はウインクして、

「もしかして人見知りする人かな、織機さんは。それで末真博士に相談してるの?」

とおどけた調子で言った。

「あのねえ、藤花」

末真が少し怒ったふりをした。

「博士って呼ばないでって、いつも言ってるでしょ」

「だって博士じゃない、末真は」

「博士ってのは学士号を取って、さらに博士号を取っている人のことをいうのよ。別にガリ勉に対しての呼び名じゃないわ」

「別に末真はガリ勉じゃないし、もともと頭がいいだけじゃない」

「あのねえ藤花、生まれつきの頭の良さなんてものはないのよ。人間の情報処理能力は、あくまでも後天的なものであって、しかも環境よりも意志、本人の自主性が深く関係しているんだから——」

「はいはーい、何言っているのか、もー全然わっかりませーん、と」

「あのねえ——」

……こうやってこの二人は、いつもじゃれあっているのだろう。

「…………」

綺はまだ絶句している。

彼女は凪に、それについて質問したときのことを思い出していた。

「いや——アレについては、あんまり真剣に考えない方がいいっつーか。知ってるかと言われれば知ってるんだが、なんだか、真面目に対応すると馬鹿馬鹿しいっつーのか——綺も、あんましアレのことは心配しなくていいよ。街ん中でばったり会っても、驚かないよーに」

「——ばったり、会うものなんですか？」

「ただし、会ってもそいつは、アレじゃないから。その辺は注意しとけよ」

「へ？　どういう意味ですか」

「会えばわかる」

そう言って凪はニヤリとしたものだった。それは別に悪意のある表情でもなかったので、綺としてもそのまま受けとめた。

（——そうか、こういうことだったのね……）

綺は心の中で納得していた。

これをなんと呼べばいいのか、二重人格とかいうものに該当するのか、それともまったく別種の何かなのか——いずれにしても、ここにいる宮下藤花という少女には、あれのような不思議な要素は微塵《みじん》もない。

そして、どうも末真和子も、この友だちのそういう面のことを全然知らないようだった。凪も教えていないのだろう。その気持ちはわかる。宮下と末真、この二人の仲の良さは、そっとしておきたい感じがした。

ふふっ――と我知らず、いつのまにか綺は微笑んでいた。

「あ、笑われた」

藤花がそれを見て、自分も笑った。

「ごめんね、綺ちゃん」

末真が謝ってきたが、何を詫びているのかまったくわからない。

「いえ――お二人は、ほんとうに仲がいいんですね」

「織機さんとたぶん同じ、私も末真に面倒見てもらっているのよ」

「あら、藤花には面倒かけさせられてるけど、綺ちゃんはそんなことないわよ」

末真がしれっとした顔で言い、藤花は、

「あらら」

とずっこける格好をした。

三人はそろって笑った。

そのとき――彼らの背後からひとつの人影が近づいてきた。

蒼衣秋良である。

彼もまた、やや憮然《ぶぜん》とした顔をしていた。

「織機さん——何をしているんだ？」

前置きなしで、きつい声で話しかけると、三人はそこで彼に気づいて、皆ちょっと驚いた顔をした。

「あ、蒼衣くん——？」

綺は戸惑った声を上げた。彼とはこの駅の前で待ち合わせしていたのである。ホームにまで入ってくるとは思わなかった。

「織機さん、僕たちはもたもたしていられないんだ。つまらないお喋《しゃべ》りをしているヒマはないんだよ。先生たちの前に向こうに行っていなければならないんだから——」

蒼衣は一方的に言った。

彼は少し苛立っていた。それは綺に対してではなく、その横にいる娘——末真和子に対してだった。

もちろん彼は、この少女を知っている。

（なんで、こんなところでこの女が——来生真希子が、フィア・グールとして唯一殺し損ねた女が、よりによって——）

3.

……彼が来生真希子と出会ったのは、単なる医者とその患者、という関係に過ぎなかった。

彼はその頃は既に天涯孤独だった。

彼を生んで育てた母親は二年前に死んでいたし、そもそも彼には父親というものがいなかった。人工的に合成された受精卵を、代理母に移植して造られた生命だったからだ。

それが如何なる組織で、如何なる目的を持っていたのか彼自身は知らない。母も知らなかった。彼女は金目当てで雇われただけの存在だったからだ。

だが——その彼が生まれる寸前になって、組織は統和機構の刺客によって壊滅させられた。大きな腹を抱えたままの母親は命からがら逃げだしたと言っていたが、これは少しおかしいと彼は思っている。おそらくは重要なことを知らせないために別の所に置かれていたのが幸いしただけだったのだろう。

だが、いずれにせよそこで母が、彼を堕胎《だたい》したりはせずに、そのまま産んで育ててくれたからこそ、彼は今も生きている。

統和機構に属してはいないし、正式な造られ方でもなかったのだろうが、それでも彼もまた合成人間の一人である。

そのことは、彼自身が真っ先に悟った。他の子供と自分が決定的に違っていることを。

(他の人間には、僕のような感覚がない――どうして他の子供が、あんな風に簡単に死ねとか死んじゃえと言うのか、わからなかった――なら殺せばいいじゃないか、と思ったとき、僕は連中には、人を容易には殺す能力がないということを理解するのに、少し時間が掛かったものだった――)

生まれつき持っている彼の能力――それを後になってから、自ら〝コールド・メディシン〟と名付けることになるのだが――それをどう使って、どうやって生きていけばいいのか、彼にはずっとわからなかった。

誰に言えないといって、母親にこそ一番それを言えなかった。彼女は結局、統和機構からは逃げ延びたものの、あっさり交通事故で全然無関係に、死んだ。彼を育てるために働き過ぎていて、車を避けられなかったのだろう、と警察には言われたが、別にそのことでは彼の心は動かなかった。即死だったというから、たとえ彼が側にいたとしても、能力で傷を治すことはできなかっただろう。単なる複雑な化学反応に過ぎない彼の能力は、死んだ者には及ばないのだ。

身寄りのない彼は施設に移されて、しかし成績が優秀だったので――彼からしたら、それは単に他の連中があまりにも、余計なことに気を取られ過ぎだということなのだが――色々な方面から援助が受けられた。

だがそれらは決まって、彼にある種の基準達成を要求し、その中には精神的な安定、性格の善し悪しというものさえあった。

そして——彼は来生真希子と出会ったのである。

「ふうん、蒼衣秋良くん、か」

白衣を着た彼女は、まっすぐに蒼衣の眼を見つめてきて、そして——あろうことか、舌なめずりをした。

「あなた、なかなかいいわね——結構〝強い〟わ。でも残念ながら、同時にとんでもなく脆《もろ》い」

いきなり断定した。まだ、何の質問もしてないうちから、だ。

そのことを抗議すると、真希子は笑って、

「ああ、ああ——大丈夫よ。あなたに奨学金を出す団体には、ちゃんと赤丸保証付きの報告をしてあげるから。あなたがその程度の基準をクリアできないはずがないもの。ただ、バランスが悪いのよねえ——ううん、残念」

と、医者とは思えない無茶苦茶なことを、平気で言ってのけた。

「あなたは、たぶん誰でも普通の顔をして殺せるわね。でも同時に、何のために殺すのかわからないから、結局、誰も殺さない。今までは、ね——」

そう言って、うっとりするような目つきで彼のことをじろじろと見て、またため息をつく。

「ああ——本当に惜しいわ」

それっきりだった。

彼はその後、結局一度も来生真希子と会うことはなかった。それからしばらくして、彼は佐々木《さ さき》政則《まさのり》という殺人鬼が、その病院の女医を殺した後で、自分も自殺したという記事を新聞で見つけた。

（……これは、嘘だ）

本能的に、彼はそれを見抜き、その事件のことを色々と調べようとした——そのときに、彼は、その件を裏から揉《も》み消しに掛かっていたリミットと出会ったのである。

そして彼は、統和機構のことを彼女から教えられて、自分の生まれも同時に知った。だが、そのリミットにすら、超人的な特殊能力を持っていて、統和機構の一部にすら支配圏を広げていた来生真希子が、何者によって殺されたのかはわからなかったという。

それを聞いたときに、彼の心に湧き上がってきたものは、激しい苛立ちだった。

なんだそれは、と思った。そんなことは許されない、絶対に——と。

どうしてそう感じたのかは、自分でもよくわからない。しかしそのときに、彼は自分がその彼女を殺した奴を見つけだして、殺すしかないと決めていた。

少ししか会っていない彼女のことが、実は好きだったのか、と自問してみると、その辺ははっきりとしないいままだ。

だが、彼女の言葉や、その態度が、母親の死にすらほとんど反応しなかった彼の心を激しく揺さぶったのは事実であった。

理由はたったそれだけ——だが、考えてみるまでもなく、

（僕には、他に何もない——）

それを復讐と呼ぶべきかどうか、そんなことは彼は知らない。だが、これを放ったらかしにすることは、彼にとって〝気持ち〟というものを全否定することに等しいのは確かだった。

彼がブギーポップという名前を聞いて、それに異様に惹《ひ》かれるようになり、やがて確信に変わるのはそれからしばらく経ってからのことである。

（その来生真希子が——次に殺すはずだった末真和子が、どうして——）

駅のホームで、蒼衣秋良は混乱を抑えるのに必死だった。

別に彼には、殺人鬼フィア・グールの仕事を引き継ぐ気など毛頭ない。だから末真和子のことも当然知ってはいたが、放置していた。

それがこうして目の前に、いきなり出てこられるとどう反応していいのかわからなくなるのだ。

敵視すればいいのか、無視すればいいのか、それとも逆に手の内に取り込んだ方がいいのか——そもそも来生真希子がどうして末真を殺そうとしていたのかさえ、彼は知らないのである。

「で、でも——」

綺が、強硬な蒼衣の態度に文句を言う。

「まだバスの時刻には、余裕があるし——」

それはもっともな抗議だったので、逆に蒼衣は無視した。

「君には気合いが足りないんだよ。これは大事なテストなんだから、浮かれて友だちと話し込んだりしている余裕はないはずだ」

彼自身もまるで信じていないような建前的な一般論を言う。

「…………」

綺も、ただこの男がイラついているだけだということがわかり、黙る。すると横の末真が、

「あんまりガチガチになっている方が、まずいと思うんだけど」

とこれまた正論を言った。

しかし蒼衣は、彼女には何の反論もしなかった。というよりも、会話そのものをしたくなかった。

もしも、来生真希子が死んでこの女が助かって、良かった——などという感覚が一瞬でも彼の中に生じたら、これまでの人生がすべて無意味と化すのだから。

「——君には、頼らない方がいいのかもな」

と綺に向かって言い捨てて、彼は駅の外に向かって一人で歩き出した。

ホームに末真と二人でいる織機綺を見て、つい来てしまった自分に対しても、彼は腹を立てていた。冷静さに欠けていた。放っておけば良かったのだ。

「…………」

その去っていく蒼衣の後ろ姿を見送りながら、綺は胸の中でまた、もやもやするものを感じて落ち着かなかった。

「なあに、あの子？」

横の末真は明らかに怒っていた。

「あれでも特別な会を任される奴なの？　綺ちゃんにビビっているのかしら？」

「いや……彼って孤児で。特待生だから成績が良くないと学校にもいられないって話で。授業料免除で入っているから……」

つい、庇《かば》うようなことを言ってしまう。

「ああ、そうなの？　……でも」

末真は少しバツの悪そうな顔になったが、やっぱり、という感じで毅然《きぜん》とうなずいて、

「それにしても、あれは感心しないわね、うん。綺ちゃん、気をつけなさいよ」

と説教臭いことを言った後で、ああ、と末真はひとりで手をぽん、と叩いて、

「まあ、綺ちゃんには正樹くんがいるから、その心配はいらないわね。駄目よ、浮気しちゃ」

と、からかうように言った。

綺は真っ赤になってしまった。

「い、いやそんな。別に——そういうんじゃ」

末真はそんな綺を見て、また笑って、そして——おや、と思った。彼女の横にいたはずの、もう一人の友だちがいない。

「……あれ、藤花は？」

いつのまにか、その少女の姿がどこにも見えなくなっていた。

＊

（——くそ、なんだって言うんだ、一体……）

駅の改札口のところまで来ても、蒼衣秋良の動揺はまだ続いていた。

末真和子のことをこれまで、あまり考えてこなかったのが逆に悪かったのかも知れない……苛立ちが収まらない。

（俺は——まったく……）

こういう中途半端な感覚ばかりが心の中を占めているのだ。激しい怒りもない癖に、大きな喜びもない、何もかもがどこかで、決定的なものを欠いている。

それを手に入れるために、彼は復讐を誓っているのだが——たかが末真和子ひとりで、この様である。これでは先が思いやられる。これではいざ、ブギーポップと対峙したときに、逆に返り討ちに遭うのがオチではないか——そんな気さえしてきてしまう。

「……くそっ」

口に出して舌打ちしてしまう。自分の考えを表に出すことを極端に制限しているはずの蒼衣にしては、これは珍しい行為だった。

そのとき――彼は目の前に、ひとつの人影が立っているのに気づいた。

そいつは、さっき末真和子の隣にいた、あのスポーツバッグを抱えた女だった。

だが――何かが違う。

「――ずいぶんと、鬱陶《うっとう》しいものを抱え込んでいるみたいだね」

そいつは静かな口調で、蒼衣に話しかけてきた。

周囲に人はいない。

改札は自動だし、その近くに控えているはずの駅員も早朝のためか、誰もいない。

二人きりで、蒼衣はそいつと対面していた。どこか遠くのスピーカーから、クラシックの曲が流れているのが、かすかに聞こえる。これは確かワーグナーの〝ニュルンベルクのマイスタージンガー〟……。

「……なんだ、おまえは？」

不機嫌さを隠そうともせずに、蒼衣は挑戦的な態度を露《あらわ》にした。無関係のこいつには、何の打算も偽装も必要がない。

「たまたま君と行き会った、通りすがりの者だが――」

そいつはとぼけた口調で言い、愛想がいいのか皮肉っぽいのかわからない、左右非対称のいわく言い難い顔をしてみせた。

「——しかし君の方は、もしかするとぼくを探しているのではないか、と思ったんだがね」

女の癖に、少年のようなものの言い方をする。というよりも、雰囲気や姿勢も女の子のようには、何故か見えない。といって殊更に男っぽい訳でもない。どっちつかずの、中性的な感じだった。

「なんで俺が、おまえを探さなきゃならないんだ」

蒼衣は苛立ちながら言った。しかしこれにそいつは、さらにとぼけたように、

「うん、その通りだ。君にはその理由がないんじゃないのか」

と言ってきた。なんのことやらさっぱりわからない。

「おまえは何なんだよ？　織機の知り合いなのか？」

「ああ、彼女のことなら少しは知っている。自分のことを、どうしても正しいと思い切れない弱気なところとか、ね——そこを過去にはつけ込まれたりもしていたわけだが。まあ、今では結構、いい感じになっているんじゃないのかな」

「何を偉そうに……」

蒼衣は面倒になってきていた。

もう、この女の記憶を破壊して、自分に会いに来たことも忘れさせてしまおうか、とさえ思

った。幸い目撃者はいない。

「おまえはあいつのことを、どれだけ知っていると言うんだ」

死神に狙われているかも知れない、などと思いもしないだろう。常識ではあり得ない話だからだ。彼はそいつに向かって、攻撃態勢に入りつつ、一歩めを踏み出した。

これにそいつは、ふむ、とかるくうなずいて、

「それを言うなら、君はどうなんだ？」

と逆に訊き返してきた。

「なんだと？」

「彼女のことはさておき、君は、君自身のことをどれだけ知っているんだい？」

またしても訳のわからないことを言いだした。

「さあな」

もうまともに受け答えする気はない。蒼衣はそいつに向かって、さらに近づく。

一歩、また一歩——。

そいつも、接近に対して特に身を引いたり、停める素振りはない。真っ正面から、蒼衣を見据えている——。

「そうだろうね。君はほとんど、何も考えていないようだ」

「いちいちくだらないことを考えなきゃいけないのか？」

「少なくとも、織機綺のことを考えるよりも、自分のことを振り返った方が建設的ではあるね――たとえば」

そいつの指先が、すうっ、と上がって、蒼衣の胸元を指した。

「君がそこに抱え込んでる〝動機〟とやらは、実は空っぽなんじゃないのか、とかね――」

「…………！」

ぎくっ、と本能的に身体が停まってしまった。

別に鋭いことをずばりと言い当てられた訳でもない。三流の占い師が言いそうな、ただのつまらないハッタリでしかない。具体的なことは何も言われていないのだ。

それなのに――なんで背筋に冷や汗が噴き出るのだろう？

こいつからはずっと、殺気も何も感じない。身構えているわけでもないし、隙だらけのままだ。

それなのに――蒼衣には突然、そいつに自分が必殺の指先を撃ち込むイメージが浮かばなくなった。

どこからどこに攻撃していけばいいのか、わからない。頭では、いつものように下から上に抜けるように行けばいいだけとか、右から後ろに回り込むようにすれば充分とか、知識上の方法をいくらでも提示できるのだが、そのどれにも、ひどく――現実感がない。

「……じゃあ、おまえはなんだ」

自然に訊こうと思ったのに、声はどこか無理矢理に絞り出すような響きになってしまった。

「おまえの〝動機〟とやらはそんなにご大層なのか？」

「ん？　ぼくかい」

そいつは片方の眉を、ちょい、と上げてみせて、そしてさらりとした口調で、

「ぼくは自動的なんでね——」

とふざけたことを言った。

蒼衣は反射的にカッとなった。

「なんだそりゃ——ふざけるな！」

もう、無理矢理でも強引でも知ったことか、と彼は早足でずかずかと、そいつに向かって行った。

するとそいつは突然に、

「君がいくら、それを隠そうとしても無駄だ」

と、蒼衣の胸元を指したまま言った。

「そいつを落としたと思っても、どんなに暗い穴の中に捨てたと思っても、君にとっては君の心は底無しではない——いつか、必ずそいつはバウンドして、君の前に戻ってくる。例えばそう——君がその〝復讐〟とやらを終えたとき、とかね……」

「……！」

今度はもう、身体は強張らなかった。

逆に突撃していた。

こいつが何者であるか、何を知っているのか、もうそんなことは半ばどうでも良くなっていた。

ただ――このままこいつを目の前に置いていてはならない、という衝動だけが突きあがってきていた。

そう――それははっきりと、恐怖だった。

ふいに脳裡に、来生真希子が言っていた言葉が甦った。

〝あなた、なかなかいいわね――結構〝強い〟わ。でも残念ながら、同時にとんでもなく――脆《もろ》い〟

「うおおおおおおお――おおっ！」

焦燥感と攻撃性の塊《かたまり》となって、蒼衣秋良は突っ込んでいった。

ふいっ――と、目の前が急に霞んだような、そんな感覚が走った。そして次の瞬間には、彼は――。

＊

「――あれ？」

ホームから改札口の方に降りてきた綺は、そこに蒼衣秋良がもたれかかって、うつむきがちにして立っているのを見て少し驚いた。

「…………」

蒼衣は顔を下に向けていて、こっちの方を見ないのだが――彼女を待っていたのだろうか？

「あ、あの――蒼衣くん？」

声を掛けると、蒼衣は突然に身体をがばっ、と大きく起こして、そして周囲を見回した。

「――え……？」

なんだか愕然《がくぜん》としている。まるで今の今まで気絶していて、目覚めたばかりの人のようだった。

「な、なんだ……これは……？」

普段はクールな彼らしくもなく、半開きの口をふるわせている。

そして耳をすませるようにして、

「マイスタージンガーが、なくなっている――」

と意味の分からないことを言った。

（もしかして、居眠りしてたのかしら——）

彼の口元に、少しだけよだれの痕があるのを見て、綺は少しおかしくなった。偉そうなことを言っていても、彼もやっぱり緊張していて、昨日はロクに眠れなかったのかも知れない。

「…………」

蒼衣は自分の手を見て、そして身体中を見る。そして信じられない、といった調子で、

「……夢、だったのか……？」

と呟《つぶや》いた。ひどいショックを受けているように見えた。たかが居眠りなのに。天才というのは繊細なものかも知れない。

「ほら、蒼衣くん——急がないといけないんでしょう？」

綺は、できるだけさりげなく言って、彼の動揺を抑えようとした。

「え？」

蒼衣は一瞬、綺が何を言ったのかわからなかったようだ。だがそれから、ぎくしゃくと、

「あ、ああ——」

とうなずいた。それからぶつぶつと口の中で何かを言った。

「——リミットに訊いてみなければ……」

だがその声はあまりにも小さく、綺の耳には届かなかった。

彼女たちは改札口を抜けて、バス停留所の所に並んだ。

山をひとつ越えたところにある駅に、ちょうど急行が停まるので、そこまではバスなのだ。電車を乗り継いで行けないこともないのだが、バスでショートカットした方が早く着く。

その山――彼女たちは夢にも知らない。

かつて、その山で一人の少年が行方不明になり、二週間後にひょっこり帰ってきたのだということなど。

そして、その後――彼はあらぬ噂を立てられてその地から離れざるを得なくなった――そう、彼はこう言われていたのだった。

〝神隠しの子〟

〝そいつに関わった者は、自分も神隠しにあってしまう〟

――それが真実なのかどうか、誰にも証明できずに、その話は彼自身が土地から離れたことで消えたが……しかし、その事実そのものは確認が取れないままに終わっていたのだった。

そしてそのバスは、あまり人通りのないその山に入っていく唯一の交通機関なのだった。

BOUND 2.

爆心地で、煉瓦を拾って ——

メビウスは、いつのまにか自分に妙な性癖が染みついているのを自覚していた。それは互いに矛盾する傾向だった。

やたらに込み入っていてややこしいものを創りたいというのと、何もかもをバラバラにして吹っ飛ばしたいという衝動が、重なり合って同じ比重で存在しているのだ。

そしてさらに、その衝動をとても冷ややかに見ている自分もいることを、彼は自覚していた。

そういう彼の性質はあるひとつの職業を選ばせたが、それは彼にとってはどうでもいいものでもあった。この世に存在しているものは、すべて彼にとっては無関係の代物でしかなく、それは〝その中で生きている自分の立場〟というものさえも例外ではなかった。彼はある意味で世界に関わろうとしない傍観者だったが、そのことに誰よりも苛立っているのも、誰よりも無関心なのも彼だった。

彼の職業は決してカタギではなく、その危険な匂いもあいまって彼を愛するようになった女性も何人かいたのだが、彼は結局その誰とも長続きできなかった。

興味が持続しないのだ。

あるときは、この世の他の者をなんとも思っていないことから、恐ろしくまっすぐな態度で話しかけてくるかと思うと、次の瞬間には完璧な無関心に放り出されるのに耐え続けられる女性などいない。男性もいない。だから彼には友人もいなかった。

ただ——心のどこかに、なにかがあるような気だけはずっとしていて、それがメビウスの目つきにある特徴を生み出していた。

それは、別に目線が泳いでいるわけでもない癖に、常に視線が微妙に動いているということだった。

まるで何かを探しているように、慎重に、注意深い感じで四方八方を見回し続けているのだった。

そのメビウスが今、再びその山に戻ってこようとしていた。

中で奇妙な時間の断絶を体験してから二度と行こうとは、何故かまったく思わなかったはずの、その山に——。


彼は今でも、時折後ろを振り返る。

何で振り返るのか、やっぱり今でもわからないままだ。

やっぱりそこには、誰かが立っているのだろうか。

いつまでも彼のことを、ずっとつけ回し続けているのだろうか。

1.

綺と蒼衣がバス停に立って、車がやってくるのを待っていると、その横に一人の男が立った。

「やあ、君たちもこのバスに乗るのかい？」

馴れ馴れしい口調で話しかけてきた。

年齢は二十代後半から三十代前半、と言った感じの、ひょろっと痩せた男だった。頬と顎《あご》には無精髭《ひげ》が生えている。あまり櫛《くし》を入れていない天然パーマらしい髪が無造作に、四方八方に飛び散っている。しかし着ている物はスーツで、ネクタイも締めている。そして首にはカメラがぶら下がっていた。

「ええ――」

綺がやや警戒しながらうなずくと、男は、

「私ゃ、こういうモンなんだが――」

と名刺を出した。そこには、

『フォトジャーナリスト　長谷部《はせべ》京輔《きようすけ》』

と書かれていた。

「はあ――」

綺が曖昧に返事すると、この長谷部という男はさらに、

「君たちは、一年前の事件のことを知っているかい？」

と訊いてきた。

「なんのことですか？」

「知らないかな。まあ、ここからじゃちょっと離れてるけどね——県立深陽学園ってわかるかな。あの学校のある山の辺りで、不思議なものが目撃されているんだよね——空に向かって光が一筋伸びて、周辺には電波障害が起きたんだ。結構話題になったと思うんだけど」

「いえ、知りません」

一年前の綺は、正直なところ外界とは断絶したような精神状態で生きていた。ニュースなど観るわけもないし、人の噂などにも興味がなかった。最近はそうでもないのだが、しかしそんな話題はどうせ他のものと入れ替わりに、すぐに消えてしまったのだろう。

「あらら、しかしね。実はあの現象にはある種の法則性があるんじゃないかって話になってね——知っているかい、このバスが通る山って、さっきの山と緯度だったか経度だったか、標高だったかも知れないけど、とにかく一致する要素があるんだよ。しかも事件が起きたのはちょうど去年の今頃だ。どうだい、ワクワクしないかい？」

長谷部はやけに興奮した調子で話しかけてくるのだが、しかし綺にはよくわからない話である。

超常現象研究家、というようなものなのだろうか、この人は――綺は正直、かなりうんざりしてきていた。

「あの、別に私たち、この山に来た訳じゃないので――」

すると長谷部は、ふいに真顔に戻って、

「そいつらのことを〈牙の痕〉っていうんだが――これは知っているかな」

と、落ち着いた口調で訊いてきた。綺は首を横に振る。そして長谷部は、彼女の横でうなだれたままの蒼衣に眼を向けた。

「――そっちの彼は？　どうかな」

「ああ？」

蒼衣は、まだ平静に戻れていなかった。妙に殺気立った眼で長谷部を睨《にら》むように見る。

「知るかそんなもの。うるさいんだよ、話しかけるな」

言われて、長谷部は「おお怖わ」とわざとらしく肩をすくめてみせた。

そしてかすかに口元に笑みを浮かべて、

「なるほど、知らない、と――」

確認するような言い方をした。

そうしている内に、彼らの所にバスがやってきた。

早朝なので、客はあまりいない。ここから乗るのも彼ら三人だけで、車内にも一人しかいなかった。

綺は、なんとなくその客の方に眼をやって、少しぎょっとした。

こっちを見ていて、眼が合ったからだ。しかも知り合いを注視しているような、妙にまっすぐな視線で——

（え、えと……）

しかし、綺の方から逸らすまでもなく、その客は眼を多少動かして、彼女からは視線を外した。そして、彼女の後ろの蒼衣や長谷部に視線を同じように向けて、そしてすぐに外す。

その眼の動きには淀みがなく、まるでカメラをパンしているような、そんな視線の動きだった。

変わっていると言えば変わっているが、しかし今の綺のように思いっきり正面から視線がぶつからない限り、めったに他人には気づかれないであろう不思議な視線である。

「————」

その横顔には何の異常もなく、落ち着いた雰囲気さえある人物だった。

（……変わった人ね）

周囲を観察するのが習慣になっているような職業の人なのだろうか、とか綺はふとそんなことを思った。

すると突然、その男は後ろを振り向いた。綺から見れば、別に後部席には誰が座っているというわけでもなかったので、何を見ようとしたのかわからない。あるいは綺の視線から、自分の後ろを見ているのかと思ってのことかも知れない——と、綺はここで他人をあんまりジロジロ見るものではないと我に返った。

「おい、どうかしたのか？」

長谷部が声を掛けてきたので、綺は慌ててバス賃を機械に入れて車内に入った。蒼衣と長谷部もすぐに続く。

何事もあるはずもなく、バスは普通に発車して、山道の方へと入っていった。

綺と蒼衣はそれぞれ別の席に着いた。特に綺は意識したわけではなかったが、最前列の席だった。蒼衣はそれから席をひとつ空けた後ろだ。

その空いた席に、長谷部が入り込んできた。座らずに、大きなカバンを椅子《いす》に置いて、自分は綺と蒼衣にやっぱり遠慮のない視線をじろじろと向けてくる。

「君たちはあれかい、学生かい」

綺は本格的に振り返るのもなんなので、多少顔を向けている程度で、

「ええ、専門学校の、ですけど——」

と生返事をした。

「なんだってこんな所にわざわざ来たんだい。言っちゃあなんだが、君たちなんか駆け落ちっぽいぜ？」

長谷部はふざけたように言う。さっきも末真にからかわれたばかりなので、綺は多少不快になる。友だちにならまだしも、会ったばかりの者にそんなことを言われたくない。

「そういうんじゃありませんから、別に。学校の用事ですから」

視線を向けずに、ややきつめに応えていた。長谷部はその拒絶にもめげる様子もなく、

「彼氏も大変だな。なかなかおっかない女の子じゃないか」

と蒼衣に向かって馴れ馴れしく言った。

「…………」

しかし蒼衣の方は、うつむいた顔を上げもしない。黙殺している。

「ところで、君たちは何か珍しいものと出逢ったことはないのかな」

おそらくは職業柄、会う人間すべてに訊いているであろうことを長谷部は二人にも質問してきた。

「…………」

蒼衣の顔に、ちらと不快なものが走った。

彼はまさに、今さっき異様なものと出くわしたばかりである。

(あれは——なんだったのか)

思い返そうとすると、曖昧な記憶しか残っていないが、しかしそれでも——背筋が寒くなる。

(あんなものは他に見たこともない——もしかすると、あれが統和機構が血眼《ちまなこ》になって捜し出

しているというMPLSとかいう連中なのか――それとも）

ぶるるっ、とはっきりと肉体の方が反応して、身体が震えた。

（まさか――あれが……？）

あまりにも予想外だったので、その可能性に気がつけなかった。だが考えてみれば、そんなにいつもいつも黒帽子を被っているという訳でもないのかも知れない……。

（い、いや……しかし）

動揺が湧き上がってきて、停められない。

どうする？

今すぐに戻って、あれを捜すか？

だが見つけたとして、どうするのだ？

おまえが来生真希子を殺したのかと訊くのか、そして仮にあれが〝そうだよ〟とでも答えたら――どうするのだ？

「…………」

黙り込んだまま、しかしバスはどんどん山道に入っていく。

「おやおや――なんだか別のことで緊張しているね、この彼氏は」

長谷部が返事をしない蒼衣にあきれたような言い方をした。そしてあらためて綺の方を向いて、

「君はどうなんだい？　変わったものを知らないか？」

「…………」

綺は、もうそろそろはっきりとこの人に話しかけるなと言うべきかどうか、考えた。彼女だって大切な課題を前にして緊張しているのだ。正直この馴れ馴れしさはかなり鬱陶《うっとう》しい。

「あの――」

と言いかけたところで、さらに長谷部が言葉を被せてきた。

「たとえば――そう、たとえば他の人には見えないものが視えたりして、そのことで世界中を敵に回してしまうような――そういう存在を」

その薄っぺらな笑いにはなんの裏もあるようには見えない。

だが綺は、さすがにこの言葉にはやや落ち着かないものを感じざるを得なかった。

そう、それなら知っているのだ。

飛鳥井仁《あすかいじん》という男を。

彼女の胸元に〝小さな、だが完全な花〟が視えると言ったあの白い服の男のことを。

（世界の敵――そう、たしかにそんなようなことを言っていた……あの人も）

彼女を利用して自らの野望を達成しようとしたあの男は、今では凪の仲間のようになっているから危険はない。さすがにあれ以来は二度と会っていないが――凪によると、

「まあ、あんたがどう思うかって問題だね。別に許してやらなくてもいいけど、でもあんまり

恨みに思うのもなんだ、って程度だよ、あんたと仁は。向こうはもうあんたを使ってどうこうするって能力をなくしたらしいし。ただ代わりに、別のものに目覚めつつあるらしい——」

ということらしい。許すとか許さないとか、綺としてはあの男にそれほどひどい目に遭わされたという感じも希薄なので、その辺はどうでもいいのだが。

（私の胸にある〝小さな花〟か——）

それを思うとき、綺は複雑な気持ちになる。自分自身にはなんにもない、というのが綺の偽らざる心境だ。自分の今の幸福はすべて、周囲の凪や末真、そして正樹といった素晴らしい人たちのおかげであって、彼女自身がそれに役に立てているところはない、と今でも心の底で思っている。

そんなことを言ったらみんなは困ったような顔をするので、誰にも言わないのだが——。

〝おまえはクソッタレの役立たずだ〟

と、かつて彼女の上司だったスプーキーEは殊更に繰り返していたものだが、あの当時はそれを無感動に聞き流していただけだったが、今ではわかる。あれは正しい。

（私は、私でなければならない何かを、正樹や凪のためになれるような何かを、見つけられるんだろうか——）

それを、いつも考えているといえば、考えているのが今の綺だった。そんなものはないのではないか、自分はやはり役立たずのクソッタレであって——

（——ああ、変なこと考えてる）

綺は頭を切り替えようと、視線をバスのフロントミラーに移した。

車内の後部席がそこには映っていてさっきの奇妙な人物が相変わらず座っている。

さっきは気が付かなかったが、角度が変わったために彼の足元に黒いアタッシュケースがひとつ置いてあるのが目に入る。

そして、立ててあるそれの取っ手と、その人の手首とが、金属のチェーンのようなものでつながれていた。手錠《てじよう》のようだ。

（わざわざ——よっぽど大切なものなのかしら？）

何でそんなものを持ち歩いて、こんな山の中に来ているのか、綺はまた少しその人のことが気になった。

バスは山の中に、さらに入っていく。

ごとごと、とやや車体が乱暴に揺れる。凹凸に乗り上げる度に、踊っているように弾む。バウンドする。古い山道の表面は相当に荒れているようだった。舗装されたのは何年前なのか、そろそろ限界に来ているようだった。普通ならば公共事業でとっくに整備されているはずなのだが、どうやら——ここはある理由で、故意に放ったらかしにされているようだった。そのことをこの辺りの人々は誰も知らない。

＊

——このバスの運転をしている者も知らない。

山下善次《やましたぜんじ》、三十二歳。彼は去年、それまでトラックの運転手として働いていた運送会社を大した理由もなく突然に馘首《くび》になり、その時に再就職先として世話してもらったのがこのバス会社だった。資格はすぐに取れて問題なかったのだが、しかし、

（あー、長距離に戻りてえなあ……）

正直、狭い区間を時間通り正確に行ったり来たり行ったり来たりするバスはのんびり屋である善次の性格には向いていないのだが、仕方がない。家には妻も赤ん坊の子供もいるのだ。彼が働かなくては家族を食わしていけない。

（あー、高速に入りたい……）

善次は細かいカーブを切るのがあまり好きではなかった。峠を攻める奴の気が知れないというか、一本道の道路をただ、ずーっと同じ調子で走っているのが好ましいのだ。この山道は彼の嗜好《しこう》のあらゆる条件に一致しない。

客だってあんまりいないし——ここ一週間ほど、毎日乗ってくる客が一人いるくらいだ。そ

う、今も乗っている。

（またアタッシュケースを、手錠付けて持っているなあ――なんだか周囲をきょろきょろと見回してばかりいるようだし、この辺の土地でも買収しようっていう不動産屋の手先かな）

真っ当な勤め人にしては陰気なのだが、ではカタギでないかといわれるとそれほどのものでもない、そういう印象の男だった。

朝一番に乗ってきて、山の中のバス停で降りて、そして日が暮れてから復路のバス停で待っている、それをずっと続けているのだ。

最初から物珍しそうな感じも見せなかったので、あるいはかつてこの土地に住んでいたのかも知れない。

今朝はその客以外にも乗客がいて、善次の運転席のすぐ近くの席では、さっきから男の客が若いカップルにからみ続けている。この辺に怪しいスポットがあるとかなんとかデタラメを吹き込んでいるようだ。そんなものがあったら、毎日ここを延々と往復している自分などはとっくに呪われている。

バスはいつもの道を、いつものように進んでいく。

この山道には、ちょっとおかしなルートがある。山を登っているはずなのに、あるところに来ると急に下り坂になるのだ。しかしすぐに登りに戻る。

そう、そこだけが抉《えぐ》りとられた穴のように、くぼんでいるのだ。

まるで隕石孔《クレーター》のように、ぽっかりと凹んでいる――。

（なんだってこんなとこにわざわざ道路を作ったんだろう？　少し回り道にすりゃあ良かったのに――）

下りから急に上りになって、重い車体をスムースに走らせるためにいちいちギアを何度も入れ替えなければならないこの場所は、善次の一番嫌いな場所だった。下っていくときは視界が極端に狭くなるのも嫌だった。

そして、降りきって上りに入るときになると、急に空が目に入ってきて――一瞬、自分が何を見ているのかわからなくなる。

（――え？）

ぽかん、として、ハンドル操作を忘れる。

その間にも、それはどんどん目の前に迫ってくる。それは彼の乗っているのと、同じバスだった。

そんなものがいるはずがない。この路線は一台が延々と往復し続けているだけで、運転手が変わってもバスは一台しかないのだ。だが善次を茫然とさせたのは、その理不尽だけではなかった。

そのバスは――変わり果てていた。

全体を黒ずんだ錆《さび》がびっしりと覆いつくしていて、ひしゃげて、あちこちが欠損していた。

まるで何十年も野ざらしにされていたかのようだった。

タイヤは全《すべ》てパンクしていて、車体はそのまま道路に接していた。それはもはや車ではなく、ただの金属の塊だった。

その残骸《ざんがい》が、坂をこっちに向かって滑り落ちていく――。

「…………！」

自失からは一瞬で醒《さ》めた。善次は慌ててハンドルを切った。ブレーキを踏むべきかどうか一瞬迷い、結局踏まなかった。

彼のバスと、その奇怪な幽霊船の如き車体は交錯し、そしてぎりぎりで通り過ぎていった。

坂を登っていくバスの背後で、その残骸は上から滑り落ちてきた勢いで、横倒しになりながら、ちょうど窪みの真ん中辺りで停止した。

バスはそのまま、走っていく。

善次は本来、そこでバスを停めて確認をしなければならない。だが訳のわからない不安に駆られて、それができない。そのままいつものような運転をし続けている。

客が少しざわついていた。当然だった。だが彼はそれにも反応できない。

彼は見てしまったのだ。

今の、あの何十年も放置されていたかのような残骸の――その前に付けられていたナンバープレートを。その数字は、彼が今、こうやって運転しているそのバスのものとまるっきり同一のものだったのだ。

「………」

そのことは、一番前の席に座っていた織機綺も、当然気づいていた。

（同じ――バスだった……？）

綺には習慣がある。彼女は、自分がいつどこで、攻撃されたり拉致《らち》されたりするかわからない立場にあることを自覚していたから、自分が乗る車や電車などの車体ナンバーを必ず確認し、暗記してから乗り込むのだ。いざというときは、その数字を何らかの手段で凪に教えられるように、と。もちろん自分の危険よりも、彼女を介して凪に脅威が及ぶのを事前に彼女に告げるためにだ。

もちろん降りるときにはそんな数字は全部忘れるし、特に何事もなく時の過ぎた今では警戒というよりも単なる癖《くせ》のようなものである。

だが――それが今、思いも寄らぬ形で綺を混乱に陥らせていた。

（な――なんで……）

あんな風に、半世紀も過ぎたみたいな――時間を飛び越えてきたみたいなものが――

（ど……どういうこと……？）

彼女が茫然としていると、長谷部が運転手の方に行って、何やら話しかけていた。

「おいちょっと、今のはなにか、はっきり見えたのか？　なんだった？」

それは鋭い詰問調である。

「お、お客様は席にお戻りください」

運転手は哀れなほどにオロオロしている。

「き、危険なので、安全な場所まで行ってから——」

と彼が掠《かす》れた声で言ったとき——それが起こった。

バスの背後——今、通り過ぎていった道路の向こう側から、どん、という突き上げるような衝撃が伝わってきて、そして一瞬後に轟音《ごうおん》がびりびりとあらゆるものを揺さぶった。

爆発したのだった。

（さっきの——）

綺は座席の手すりにしっかり摑まりながら、事態を把握しようとした。

さっきのあの残骸のようなもの、あれが爆発したのだろうか？

爆発に煽《あお》られたバスは安定を失い、がくがくと揺れ、滑り、転倒するギリギリのところでなんとか、停まった。

「——くそっ！」

綺の耳に誰かが毒づくのが聞こえた。長谷部だった。彼はバスの床面に倒れ込んで、四つん這いになっていた。

「低要因の割に、反応が劇的すぎるぞ……！」

綺には理解できないことを、なにやら呟いている。そして今度は、

「おい、何している！　さっさとこの場から離れるんだ！」

と運転手に向かって怒鳴った。

「………」

運転手はまだ茫然としている。

「ぼけっとしている場合か！」

長谷部は運転手の襟首《えりくび》を摑んで揺さぶる。

その騒ぎの中、綺ははっ、と気づいた。

後ろの方の席に座っていた、あの奇妙な男が――この混乱の中、一人平然と立っていて、そして――手錠で自らに繋いでいたアタッシュケースを、開けていた。

その中にある物が、ちらと見えた――それは封のされたガラス瓶《びん》のようで、その透明な器の中には液体が入っていて、さらにその中心に――浮いている。

（あれは――）

それは赤かった。

暗い赤だった。そう、その色はちょうど赤レンガのような、そういう赤で――その丸まった形状は、それは妙に見覚えのあるシルエットだった。

（胎児《たいじ》——みたいな……？）

人間がまだ母親の子宮の中にいる状態の、まだ生命として完成していないときのそれのような——

奇妙な男は、アタッシュケースを放り出して、それはまだ手首に繋がったままだから、腕にぶらりとぶら下がるが、その重みなど感じていないかのように、その男はそのガラス瓶を取り出し、そして——後ろを振り返りながら、それを窓の外に投げ捨てた。

その行き先は、今あの奇怪な残骸とすれ違った、窪みの真ん中の方だった。

そのときの、奇妙な男の表情を、綺は後から思い出そうとしてみたのだが、どうしてもはっきりとしたイメージとして捉えることができずじまいだった——それがはじまりだったのは間違いないのだが、彼女にとってそのときの印象は、なんともあやふやなものだった。

笑っているようにも見えたし、怒っているようにも見えたし、ほっとしているようにも見えたし、無念きわまりないようにも見えたし、そのどれでもないようにも見えたし、そして——泣いているようにも見えた。

いずれにせよ、それが織機綺の人生でその男が動いているのを見た最後の姿だった。

次の瞬間、ふたたび爆発が生じて、すべての空間が真っ白になるような——衝撃と拡散が、なにもかもを……。

＊

メビウスは、それをどうして自分が持っていたのか、よく覚えていなかった。

それを、山の中でさまよっていたと言われた間に拾ったのは、たぶん間違いない――だがそれがいつのことで、どのような状況でのことだったのかはついぞ思い返したことがなかった。

だが、それでも――彼はそれを肌身離さず持っていたのだった。

それが危険物だということは、最初から理解していたように思う。

空気に触れ続けていると、いつのまにかとても熱くなってしまうので、液体に入れることを思いついた。最初は水だったが、すぐに細菌が涌《わ》いてしまうので、そのうち油に変えた。後になって燃えだすのではないかと気づいたが、その心配はなく、いつまでも普通の状態を保ち続けた。彼はそうやって〝それ〟を世界から絶縁した状態で保存し続けていた。

しかしメビウスは、いつでも心の奥底ではわかっていたように思う――どんなものでも、隠し続けることはできないのだ、と。

消しきれなかった火種のように、いつの日にか発火し、時限爆弾のように破裂するのだと――まるで、日常生活のささいな不満が心の中に溜まっていき、積もり積もったそれがいつか爆発するのを防ぐことなど、誰にもできないように――。

2.

リミットが山の麓までやってきたら、そこは既に封鎖されているところだった。

車を路肩に停めて、封鎖に立っている警官の方へ歩いていく。

「ここは立入禁止だ」

鋭い声で言われる相手に、リミットは雨宮美津子の公的な身分証を提示した。たちまち相手の顔色が変わる。

これは失礼しましたなどと言ってくる警官に、彼女は、

「状況を報告しろ」

と簡潔に命じた。

「はっ。しかし実に不透明でして。爆発が起きたというので現場に行こうとしてみたところ、道路が分断されているということで」

「分断？　山が崩れたのか」

「いえ。本官にはよくわかりません。とにかく、一般人の立ち入りを禁じろと言われましたので」

「私は通っていいな。指揮は誰がしている？」

リミットは山の方を見上げた。

それは全体にうっすらと、濃い霧がかかっていた。

（……ん？）

リミットは、その霧がなんだかおかしいことに気づいた。

「おい――おまえはこの辺の者か」

警官に尋ねる。

「は、はい」

「ああいう霧は、この辺では珍しくないのか」

と言ってリミットが指さした先では――山のすべてをすっぽりと覆っている濃霧が、ゆっくりと、だが確実に動いているのがわかった。西から東へ、渦を巻くように動いている。

いや――それは本当に霧なのか。

色が白というよりも、なんだか黒ずんでいて、むしろ灰色と言った方が良さそうだった。煙――だがそれにしては炎の形跡がないし、何の臭いもない。

「……？」

警官の顔色が変わったのを見て、リミットは答えを聞く必要がないのを悟った。

ここでは何か異常が起きている。

そしてその中に、蒼衣秋良もいる――。

＊

（——くっ！）

蒼衣は、まず後悔した。

ささいなことに気を取られすぎていて、周囲への警戒がおざなりになっていた。たとえどんな状況に追い込まれようとも、常に心を研ぎ澄ましていなければ彼のような立場の者は、一瞬たりとて生きてはいられないというのに——だが、

（まず——）

不安定なバスの中で、彼は織機綺の姿を探した。彼のすぐ前に座っていた彼女は、後方からの爆発衝撃につんのめって、前方に転げ落ちそうになっていた。今からそれを支えるか——いや、間に合わない。

（ならば——）

彼は、自ら前方に飛び出していた。衝撃が後方から迫ってきている状況であり、踏ん張るよりも合わせて跳んだ方が遥かに効率が良く、無駄がない。そしてそのまま——織機綺に飛びかかる。

（確認は——）

彼女の身体を抱えて固定しつつ、彼はバスの窓に向かって突っ込んでいく。ガラスを突き破り、金属の枠を身体でねじ曲げて、外に飛び出そうとする寸前に——バスの中を見ようとしたが、無理だった。

（——あきらめよう）

蒼衣は、わずかコンマ五秒程度の時間のうちに、もう爆発に煽られて横転しようとしているバスから外に脱出していた。中で何が起こっていたのか、確認は遂にできなかった。

織機綺を庇《かば》いながら、地面に落ちる。勢いのままごろごろと転がる。

横転したバスも、びっくりするぐらいに簡単に、何の重みも感じさせないほどの勢いで、向こうの方にそのまま何度もぐるぐる回転しながら吹っ飛んでいく。

彼の周囲にも熱と衝撃が襲ってきたが、しかし最初の致命的な一撃そのものはバスが防いでいた。

そのバスの後部は真っ赤に変色していた。高熱に炙《あぶ》られて、今にも——いや、すぐに燃えだした。

たちまちバスは火だるまになって、山の張り出した岩壁にぶつかって、やっと停まった。

停まったが、炎上するそのバスからは、もう誰も降りては来なかった。

「……ちっ」

蒼衣は、周囲に切迫した感触がないことを改めて確認すると、綺を抱えていた腕をほどいて、地面から立ち上がった。

「…………」

綺は、茫然としている。地面に横たわったまま、動けないようだ。

視線が定まっていない。というより、何も見えないようだった。そんな彼女に蒼衣が、

「急激な移動で血液が視神経に回らなくなっただけのブラックアウトだ。すぐに回復する」

と冷たい口調で言った。早く立ち直れ、と言外に責めていた。

「——あ、ああ……？」

綺は、起きようとして、しかし頭がふらふらして、また倒れる。蒼衣はもう手を貸そうともせずに、さらに周囲に警戒を向けている。

＊

（——え、えと——）

綺は、なにがなんだかよくわからない内に、眼が見えなくなって、頭がくらくらしているので、混乱の極みにあった。蒼衣の冷徹な声がひどく遠くで聞こえたが、何を言っているのかよく聞き取れない。

鼻の奥がつーん、としていた。

身体のあちこちに感覚がなく、指先が異様に熱い気がするのに、手のひらがひどく冷たかったり、足首が痛いのに、脚全体にはまったく意識が届かず、膝が笑うどころか、そもそもどこが膝でどこがふくらはぎなのか自分で認識できない。

立とうとして、つんのめった。身体が骨のないゴムみたいになってぐにゃりと曲がった気がしたが、単に転んだだけだった。

じんじんする痛みと共に、視界が戻ってくる——。

(……赤くて——)

そして鋭い光は、どうも何かが燃えさかっているようだった。

バスが燃えているのだ、ということをなんだか数年ぶりにそれを見た、というような不思議な遠さを伴って、回想するように思い出した。

身体が、あまりにも急速な移動に引っ張られたためにショックを受けていて、意識の方もそれにつられているのだった。

(え、えと——バスに乗っていて、でも今は外に出ていて——どうして——)

くらくらする頭で考えようとするが、思考がうまく動かない。

「おい——」

蒼衣が彼女に向かって、声を掛けてきた。

「どこへ行こうっていうんだ？　あんまり歩き回るな」

言われて、彼女はやっと自分がふらふらと進んでいることに気づいた。前に倒れそうになっていて、身体が勝手に歩く動作を反復していたのだ。

停まろうとして、彼女はふいに思い出した。

（そうだ――バスに乗っていた、他の人たちは――）

彼女は蒼衣の方を向いた。

「あ、あの――」

「黙ってろ」

蒼衣は素っ気ない。彼女ではなく、周りの方ばかりを見ていて視線を合わせてもくれない。

周囲には他の人影はない……そしてバスは爆発炎上していて、他には何もない。

（じ、じゃあ――みんな……）

自分は蒼衣が助けてもらえたらしいが、それ以外は、全員――。

（あの長谷部って人も、運転手の人も、そして――）

いや――そうだった。

あの男が持っていた、奇妙な赤いもの。

あれだけは確か、窓の外に放り投げられていたはずだった。

（でもあれって、なんだか――）

彼女は、今度は自分の意志で歩き出した。

投げられた方角は、たしか坂の下の方だった。窪んでいるところの、底の方で――。

そっちに眼をやって、あれ、と思った。

バスとすれ違っていって、爆発したはずのそのもうひとつの〝もの〟がどこにもない。ただ、爆発して黒ずんだ染みばかりが広がっているだけだ。爆心地、という単語が頭をよぎった。

爆弾が落ちたところは、あまりにも衝撃が強すぎるので、綺麗《きれい》に切り取られたように窪みになってしまうのだという――しかし、

（だって、最初から窪んでいたのに――）

それ以上の凹みはなく、ただ染みばかりがあるだけだ。爆発でえぐり取られたのなら、さらに深くなるはずなのに、それがない。

そして――その底の中央で、なにかが動いたような気がした。

（――あれは……）

それは周囲の汚れの中に紛れていて、しかもとても小さかったから、よくわからなかったが
――なんだか――こ、ども……？

「…………」

彼女が思わず、さらに足を踏み出そうとしたそのときだった。

背後で、ばしっ、という何かが弾けるような鋭い音が響いた。

振り向くと、そこには異様なものがあった。燃えさかっていたはずのバスが――宙を舞って

いた。

竜巻——そうとしか表現のしようがない。

それが荒れ狂っていた。大きさは太さが七メートルほどで、高さは——わからない。

空の何処までも伸びているように見える。

バスを包んでいた炎はたちまち掻き消されていて、そしてそのまま空の彼方に吸い上げられるようにして、見えなくなる。


〝おおおおん、おおおおおおん——〟


獣のうなり声のような、風の音というにはあまりにも不気味な音が轟いていた。

「——な……」

綺が唖然として、それを見上げていると横から、

「——馬鹿野郎！」

と怒鳴られて、蒼衣に無理矢理腕を引っ張られた。身体ごと引っこ抜かれる感じで、力尽くで移動させられた。

その直後、竜巻が彼女の立っていたすぐ横を通過していく。

身体中がねじ切られるような、そういう異様な感触があった。強風に晒《さら》された、というより

もそれは、人混みの中で周り中の人間が全員、自分に爪を立てて摑みかかってきたときのような、嚙みつかれたような鋭い痛みとそして——肉体の芯に染み込んでくるような、奇妙なざわめきが、ぶるるっ、と——。


蒼衣が彼女を、無理矢理に地面に押しつけるようにして、自分も伏せる。

荒れ狂う衝撃は徐々に遠ざかっていき、蒼衣と綺は顔を上げた。

「あれ……って、何——？」

綺のぼんやりとした声に、蒼衣が「ああ？」と苛立った表情になった。

「知るか、いきなり発生したように思ったが——いや、待て」

蒼衣の目つきがまたすぐに鋭くなった。

通過したはずの竜巻が、またこっちの方に戻ってきていた。自然現象としてはあり得ない動きだった。そう、まるで——意志のある生き物のように。


（……なんだ、あれは……！）

今の蒼衣の精神を支配している感情は、疑念や戦慄《せんりつ》よりも、むしろ怒りだった。

今となっては、彼にもさすがにわかっている——彼はリミットにハメられたのだ。

（だが、僕にはあの女に手間を掛けてまで消されるほどの価値はない——つまりこいつは、何らかの実験材料にされていると見るべき……！）

統和機構が調べようとしているのか、リミットの独断専行なのか、そんなことはこの際重要ではなく、問題なのは、

（そんなもんに巻き込まれたら、僕程度の力ではどうにもならないぞ……！）

ということだった。もはや逃げる以外に道はない。少しは状況を見定めたかったが、竜巻がどこから現れたのかすらわからなかった。まるでバスの中から湧いて出たのかと思うほどに、唐突な出現だった。

「――くそっ！」

彼は素早く身を起こして、きびすを返そうとした。

だが、彼が手を摑んでいる織機綺が動かない。

また、あの窪みの方に視線を向けている。今問題なのは、さっきすれ違ったモノなどではなく、目の前の脅威から逃げることだというのに――。

「ね、ねえ――蒼衣くん、さっき私、見たの……」

ぼんやりした声で呟く。

「なんでもいいから、とにかく逃げるんだ！」

彼が怒鳴ったとき、向こうの竜巻に変化が生じていた。

その中心の、軸に当たるようなところがぼうっ、と輝きだしたのだ。

そして――スパークが四方八方に飛び散った。

——きん……！

……という何かが砕け散るような音が周囲に充満し、雷光がいたるところに直撃した。

蒼衣の眼にも鋭い閃光が飛び込んできて、思わず眼を閉じて身を引いてしまって——身が、後ろに行きすぎる。

（え……）

前に立っていた織機綺の姿が、なんだか遠い——その手を摑んでいたはずで、その手は摑んだままで、しかし——重みがなく、

「………」

蒼衣は視線を落とした。そこには結果があった。

彼が今、握っている織機綺の手は、手だけだった。

それは肘《ひじ》の辺りからスパークに焼き切られていて、身体から分断されていた。

ふら、と目の前の織機綺の身体が揺らいだ。手がなくなっていることに、自分でも気づいているのかいないのか……彼女は、また歩き出していた。

3.

「…………」

綺は、ひどくぼんやりとした感覚がずっと消えないままだった。

身体がふいに軽くなった。何百グラムか、重みがなくなったような——手が身体から離れたのだ、ということは見えているから、わかる。わかるが、それがどこか遠い。あまりにも一瞬で焼かれたので出血もなく、あまりにも鋭利に切られたので痛みすらないのだった。だから彼女は、さっきからずっと気になっていたことをするために、また歩き出していた。

大地にできた窪みの底へと、歩き出していた。

その底には、やっぱり、いた——舗装があちこち剝がれて、赤土が露出しているその中に、ひとつの影が動いている。

〝…………〟

それがこっちを見た。綺と眼が合った。

黒ずんだ赤い色をした、裸の赤ん坊がそこに座っているのだった。汚れているのではなく、肌の色がそもそもレンガ色をしているのだった。生物の体色とはとても思えない。

〝…………〟

そして赤ん坊にしては、表情というものがない。泣いてもいないし、笑ってもいないし、といってムスッとしてる訳でもない。

なんだかレンガでできた置物のようにも見えるが、しかし動いている。

綺の足が滑って、窪みの下まで一気に転がっていってしまった。

なんとか停まって、顔を上げると、その目の前には問題の子供がすぐそこにいた。

〝…………〟

何の感情もない眼で、綺の方を見つめてくる。

「あ……」

綺は、その子供に向かって手を差し伸べようとした。

だがその手は、肘から先がない。仕方ないので、もう片方の手を差し出す。

〝…………〟

その赤い子供も、彼女に同じように手を出してきて、そして——二人はぎこちなく、握手のようなことをした。綺が子供の手をそっと摑んだのだ。

「あなたは——誰？」

綺はその子供に訊いた。子供は、まったく反応しないで、ただ綺と同じように口を動かした。

〝——おお、おおお——〟

しかし声にはならず、こもったような声が漏れだしただけだった。

しかし綺は、なんとなく、

「うん――」

とうなずいていた。この子供が、少なくとも自分を拒絶していないことだけは、彼女にはわかったのだった。

すると子供も、こくん、とうなずいた。

綺もまた、うんうん、とうなずきかえそうとして――。

その直後、彼女と子供の身体が吹っ飛ばされていた。

接近していた竜巻の暴風が、彼女たちに届く位置にまで迫っていたのだった。

宙を舞い、空に吸い上げられそうになりながらも、綺は必死で子供を不自由な手で抱え込もうとした。しかし自分も舞い上げられているのだから、結局は二人とも――しかしそのとき、がくん、というショックと共に綺が別方向に引っ張られた。

蒼衣が、彼女の脚を掴んでいた。彼はそのまま、力任せに綺と子供を竜巻と別の方向に向かって投げ飛ばした。蒼衣も直後に、その場から跳び去る。

光る竜巻は荒れ狂いながら、しばらくその場を蹂躙《じゅうりん》していた。

＊

（――くそっ、あの女は馬鹿か！）

蒼衣は毒づきながら、投げ飛ばした綺の方に走った。

彼女は地面に転がっていた。気絶している。受け身を取れたのかどうかわからないが、とにかくその胸には変な子供が抱えられていた。ぐったりしているようで、その腕にだけは妙な力が込められていた。

レンガ色の子供は、その腕の中でぼーっと無表情である。

（こいつが――リミットが調べようとしている奴なのか？　それとも――）

一瞬考え込みそうになるが、今はあれこれ悩んでいるときではない。正直こんな気味の悪い宇宙人みたいな赤ん坊は放っておきたいのだが、綺がしっかりと抱え込んでいるので、引き離している余裕がない。

彼は、赤ん坊を抱えている綺をさらに抱え込んで、その場から走って逃げ出した。

背後で、竜巻の荒れ狂う音がどんどん遠ざかっていく。別にこちらに狙いを定めている訳でもないようだった。

とにかくその場から、離れて逃げた。

道路から外れて森の中に入り、山の中を数分走ると、もう竜巻の姿は見えなくなった。

「——ふうっ」

彼は織機綺を下ろした。抱え込んでいた腕もやや弛んでいたので、彼はとりあえず赤ん坊を脇に置いて、綺の切断された腕の様子を見た。

表面が白く変色している。まるで肉を煮た後のような色だ。しかしそこには大きな欠損はない。

「これなら、まあ——」

蒼衣は、さっきの綺の切り離された手首の方を取り出した。ちゃんと取っておいたのだ。そして綺の、腕の傷口を掴むと、その白く変色した皮膚をべりべりと一気に引き剥がした。

「——っ!」

綺が激痛のため、眼を醒ました。

蒼衣はそんな彼女の苦痛の方は無視して、その新しくできた傷口の方に、切られた手首を押しつけて、その接続部を握りしめた。

剥き出しになった傷口を無理矢理に締め上げられて、綺は悲鳴を上げた。

だが——その手に熱いながらも、確実に感触が戻ってくるのを悟って、綺は、

「……え……?」

と蒼衣の顔をじっと見つめてしまった。

その眼は涙ぐんでいるが、しかし苦しみよりも驚きの方が大きい。

綺はここでやっと、蒼衣秋良が普通の人間ではないことを知ったのだ。

「ああ——僕はこの能力を〝コールド・メディシン〟と呼んでいる。生体を刺激して、細胞を活性化させるんだ——ただし麻酔効果はないので、痛みは我慢しろ」

冷酷に言い放ちながら、さらにぐいぐいと握る手の力を込めていく。くっつきかけている神経の一本一本にまでに、さらに能力を届かせるためだった。骨も完全に繋げなければならない。

綺は、うぐうぐと呻いているが、しかしなんとか耐えている。蒼衣は気絶でもするかと思ったが、綺はなんとか意識だけは保っている。顔中を脂汗だらけにしながら——頑張っていた。

〝————〟

赤いレンガの子供は、そんな綺をやっぱりぼんやりとした顔で見つめている。苦しんでいて可哀想、という表情もないが、場違いに笑ってもいない。

山の中には、奇妙な静寂が生じていた。

いつのまにか空が灰色に染まっていた。曇っているのではなく、全体がグレーの絵の具で塗りつぶされたような色に変色していた。

いつのまにか、そこは他の土地から切り離された異界と化していたのだった。

＊

　そして同じ頃――山の中の別の場所では一人の男が埋もれた土の中から身体を起こしていた。

「……やれやれ」

　ぼさぼさの天然パーマの髪の毛から、ぱらぱらと土が落ちる。頬から伸びた無精髭を、やや乱暴にぼりぼりと掻いた。

　長谷部京輔だった。

　そこはさっきまで、光る竜巻が発生して、暴れ回っていた例の場所だった。長谷部は、どうやら彼だけはその場に留まっていたらしい。しかし――どこに隠れていたのか、炎上したバスからはどうやって脱出できたのか。

「うーむ――さて」

　長谷部の顔は相変わらずひょうひょうとしたもので、異常な事態に動揺している様子はない。

「これまた、見事に暴れ回っていたみたいだな――ちと深く〝潜《もぐ》り〟過ぎたかと思ったが、いや、ギリギリもいいトコだったようだな」

　長谷部はぶつぶつと意味不明のことを呟きつつ、周囲を見回した。

「――うーん、微妙だな……」

辺りは、光る竜巻が破壊し尽くしたようで、道路などもほとんど剝がされていた。そのアスファルト破片のひとつを長谷部が手にすると、それはいきなり細かい塵《ちり》となって砕け散った。脆《もろ》くなっていたというよりも、それはなんだか――風化していた、というような壊れ方だった。あまりにも長い年月を経た遺跡の遺物は、触っただけで崩れてしまうことがあるというような、そういう崩壊――。

「……作用点は〝時間〟か？」

謎の言葉を呟いて、長谷部はふん、とかすかに鼻を鳴らした。

「コールド・メディシンとカミールじゃあ、あそこまで反応しないだろう……もうひとり、男の客がいたが――本命はあっちだったのか――？」

BOUND 3.

重なり合い、すれ違うのは――

　メビウスは、その人生は本人の内面では起伏に乏しいものだったが、外から見たらそれは波《は》瀾万丈《らんばんじょう》で危険に満ちていて、常に敵と隣り合わせで、死がすぐそこにあった。

　彼は生まれ故郷の国から離れるとすぐに、犯罪に遭遇した。有り金すべてをチンピラに盗《と》られたのだ。スキンヘッドで、頭に刺青《いれずみ》を入れていたチンピラだった。そこで大使館に連絡を付けて、助けてもらうのが通常の対応だったが、メビウスはその気にならなかった。誰かに頼ろうという発想が欠落していた。だから彼は、その特徴のあるチンピラを捜して、そしてそいつを調べて、そいつと対立している別のチンピラと話を付けてから、そいつの周囲をうろうろしてみせておびき出し、罠《わな》にはめた。その頭に刺青を入れたチンピラが対立していた者たちにどんな目に遭わされたのか、メビウスは知らないし、確認もしようとしなかった。ただその街からそいつが消えてしまって、二度と姿を見せなかったというだけだった。

　それからメビウスは、同じようなことをして生活し始めた。火種は辺り中にあり、それを最初に触る役回りを皆が必要としていて、根無し草のメビウスは誰にも遠慮することなく、その仕事をこなせたのだった。

　そのうちに彼は、ひとつの分野で才能を発揮するようになっていた。

それは爆弾の製作だった。

時限式、接触式、地雷式——あらゆる方法で、彼は様々なものを、人の生命を、粉々に吹き飛ばす技術に精通していった。

色々な主義主張の政治団体に協力し、時には以前の味方を標的にしたことさえあったが、彼の精神はそのことに対してなんの罪悪感もなかった。彼は相変わらず空っぽだった。

死の恐怖も、爆破衝撃の感触も、彼の心の中にあいている穴ぼこにただ放り込まれて、そのまま放置されているだけだった。

ただ——いつでも視線をあてもなくさまよわせて、そして時折、ふいに後ろを振り返るくらいだった。

1.

……そのまま放置している。

そうするしかない感じだった。蒼衣秋良はそのことに苛立ちを感じないでもなかったが、しかし今はその不気味な子供をどう扱っていいのかわからない。と言って捨てていくこともできそうになかった。

蒼衣は山の中の藪を切り開いて通り道を作り、その後ろを赤ん坊を抱いた綺がついてきている。

余計な荷物であるが、しかし綺がそいつを手離さないのだから仕方がない。

彼らはとりあえず、山を下りようとしていた。

しかし——いくら歩いても、バスで走ってきたはずの舗装された道路に出られない。行けども行けども、同じような山の藪ばかりである——。

「ね、ねえ——蒼衣くん……？」

綺が後ろから、おそるおそるといった感じで声を掛けてきた。つながった手は、もう完全に動くようになっていて、赤い子供をしっかりと抱きかかえている。

「わかっている」

蒼衣は素っ気なく言った。

綺は不安そうに周囲を見回して、

「……この山って、こんな高かったっけ……？」

と訊いてきた。下りても下りても全然、ふもとにつかないのだから当然の疑問だった。第一、バスが通っているような場所はそんなに高所という訳でもない。

「そんなはずがあるか」

蒼衣は綺の不安などお構いなしで冷ややかに言った。足も停めずに、前進し続けながらに、である。

「で、でも——」

「ああそうだ。こいつは異常だ」

蒼衣はどうしても、気分が攻撃的にならざるを得ない。

「僕らは得体の知れないものに巻き込まれている。脱出口が見えない状況だ——」

言葉の響きが、ひどくトゲトゲしたものになる。

「——」

綺は、その蒼衣の感情に圧されて少し押し黙ってしまう。

蒼衣はそのまま、

「これが何者かの能力によるものなのか、それともこの場所に付随する現象なのかはわからないが——とにかく、打つ手がない」

とさらに不安要素を並べ立てた。そしていきなり、

「当然、空には気づいているよな?」

と鋭い口調で綺に訊いてきた。

「え?」

綺はきょとんとし、それから灰色の空を見上げて、

「え、ええ——変なふうに、曇っているみたいで——」

と口ごもりつつ、言った。どういう風に変なのかは、彼女にはよくわからないのだが、そう

言ってみた。

「それだけじゃなくて、光が変化しない。もう昼頃のはずだが、雲の上の陽射しが変わった様子がない——なんだか、時間が経過していないって感じだ。気温も変化がない」

蒼衣は忌々しそうに空を見上げた。

「——閉じこめられた、そういう感触だ」

「……で、でも、ずいぶん歩いているけど、なんにも——」

壁めいたものに出くわしたりはしていない。道に迷っているにしても、同じところをぐるぐる回っている訳でもない。坂を下り続けていて、一度も上っていないのだから。

綺は、ポケットの中の携帯電話のことを思い出す。何度か掛けてみようとしたが、見事に圏外である。——ある程度動けば、そのうちにつながるかと思っていたのだが、この蒼衣の様子から見て、彼もそれは難しいと思っているようだった。

（晩餐会の課題、すっぽかした形になっちゃったな——）

そのことも多少は気になっている。もちろんそれどころではないのは充分承知しているのだが、しかし——。

彼女がぼんやりとしていると、蒼衣がふいに、

「——待て」

と言って、足を停めた。

「何かがいる――この先に」

その声はもう苛立ちも何もなく、ただ冷静に、鋭く厳しい。

綺も立ち止まった。その腕の中では、赤い子供が身じろぎもしないで、人形のようにじっとしている。

周囲に物音はない。綺には、特に何の気配も感じられない。

「――蒼衣くん……？」

「黙ってろ。動くなよ」

そう言うと、蒼衣はゆっくりとした動作で前進していった。

そして、地面に落ちている木の枝を一本手にすると、目の前の藪を音をたてないようにして、少しこじ開けた。

その隙間から、向こう側の茂みを覗き込む。

すると、誰かが身を屈めるようにしてうずくまっているのが見えた。男だった。

別にこっちに注意を向けている様子はないが、しかしその姿勢は身を隠しているようにも見える。

「あ……」

綺がかすかに吐息のような声を漏らすと、蒼衣は、

「その〝煉瓦《ブリック》〟を抱えて、少し下がってろ」

と命令口調で囁いた。

（ブリック？）

言われて、綺は腕の中の子供に目を落とした。確かにレンガのようでもあるが、ずいぶんと素っ気ない呼び方だ。しかし今はそんなことで文句を言うような状況でもない。

綺はブリックという名前になった子供を抱えて、後ろへ下がっていって、物陰に隠れた。

蒼衣はそのまま、問題の男の方へと、悟られぬように死角を回り込みながら接近した。ずいぶんと大柄な男のようだ。

（頭は——剃《そ》っているのか？）

スキンヘッドで、しかもその頭に派手な刺青を入れているのが見えた。

外国のチンピラ——そんな風に見える。

（なんだ、こいつは……？）

話しかけるにしても、何語が通じるのかわからない。そもそもそいつの格好は旅行客のようでもなく、なんだか地元の飲み屋に一杯引っかけに行く途中みたいな、そういう雰囲気ですらある。

そしてうなだれて、動かない。

敵意というか、殺気というか、そういうものは特にない。気配も希薄だ。

すう、すう、という男の呼吸音だけがやけに聞こえてくる。そのリズムから寝ているわけでもなさそうだった。

（とりあえず——武器は持っていなさそうだ）

蒼衣は男の両手や、衣服の膨《ふく》らみなどの有無を確認した。隙だらけだ。いつでも殺そうと思えば、殺せる——そう思った。

そこで、思い切って、

「おい——そこのあんた」

と声を掛けてみた。言葉が通じるかどうかは二の次で、とにかく接触を試みた。

「…………」

そのチンピラ風スキンヘッドは、ぼんやりとした表情で顔を上げて、蒼衣の方を向いた。

その眼は蒼衣を見ているようで、見ていなかった。

何も見ていなかった。

そして、口を開いて、一言呟いた。およそ意味不明の発声だった。

「——かちっ、かちっ、かちっ——」

それは紛れもない人間の声なのだが、しかし意志というものがまるっきりない音だった。

（——）

蒼衣は、そのときに何の判断もできなかった。異様すぎるものに対して思考が停止していた。

だから彼が、後になってどうしてそうできたのか、自分でもわからなかった。

彼はとっさに、しりもちを付くようにして腰を深く落とし、そしてそのまま足で思い切り地面を蹴って、後方に跳んでいた。

次の瞬間、そのスキンヘッドの男は——爆発した。

人間の体内に爆発物が仕掛けられていたとか、そういうことではなく、男そのものが、その全体が発光し、一瞬で炸裂したのだ。

人間と、爆弾と——そのふたつのものがひとつの存在として融合していたかのような、そういう——。

（…………っ！）

蒼衣の身体を爆発が直撃した。近すぎた。だが彼は後ろに跳んでいる状態で、しかも足を爆心に向けて身体は横倒しになっていたので、衝撃のほとんどは彼の横をすり抜けていった。

自分で跳ぼうと思った距離の、約四倍もの距離を吹っ飛ばされて、蒼衣は藪の中に頭から突っ込んだ。

「——蒼衣くん？」

綺は爆発音に驚いて、物陰から顔を出したが、そのときにはもう何もかもが終わっていた。

スキンヘッドの男の姿は微塵も残っておらず、その場の地面がぶすぶすと焦げているだけだった。

綺はブリックを隠すように岩陰に寝かせると、蒼衣の飛ばされた方へと走った。途中で足が滑って、転んでしまったが、なんとか起き上がって彼が倒れている所に行った。

「蒼衣くん、大丈夫？」

綺が声を掛けながら手を伸ばすと、蒼衣はその手をやや乱暴に振り払った。

「くそ――なんだ、これは……！」

彼は忌々しげに呟きながら、藪から身体を起こした。額の一部が切れて、血が流れていた。

「怪我《けが》してるわよ」

「わかってる。触るな！」

蒼衣はひどく苛立っていた。色々なことが不自然すぎた。

あのスキンヘッドの男はなんだ？

どう考えてもこの場に、あんな外国のチンピラがいるわけがないし、特殊な改造をされているようにも見えなかった。その唐突すぎる出現と、突然に弾けとんだりする不条理は、まるで悪夢の中の出来事のようだった。

「何に巻き込まれているんだ、僕たちは……」

蒼衣はまだ手を伸ばして彼を支えようとしている綺を無視して、一人で藪の中から身を起こした。額の傷から血が流れ出て眼に入った。

それを乱雑に指で拭い取ると、綺の方をやっと見た。

「君には、あの男に見覚えはないのか？」

「え？　い、いえ――全然知らないわ」

綺は首を横に振った。まともな戦闘経験のない綺は、そもそもこの状況がどのくらい異様なものなのかさえ、今一つ理解できていなかった。

ただ――どうして蒼衣が自分を守るような態度を取るのだろう、ということばかりが気になっていた。彼は強力な戦闘用だ。人の傷を治すのと同じように、破壊することもできるのだろう。彼は強い。それはもう、今までの様子から歴然としているし、目の前で人が死んでも全然動揺しない。どう考えても、料理人になるために彼女と同じ学校に通っていたはずがない。彼の目的はなんなのだろう、という疑念が頭の中でぐるぐる回っていた。

（凪の敵なら――困るけど――でも）

そんな感じでもない。というより、彼は霧間凪のことさえ知らないようである。

彼女があれこれ考えていると、遠くの方で獣のうめき声のような、おおう、というあの音響が響いてきた。

「ちっ――あの竜巻がまた来たようだ。今の爆発に反応したのか――指向性があるのか？」

蒼衣の舌打ちと言葉に綺は、はっ、と我に返った。

「とにかく逃げるぞ。ブリックはどこだ。一応、あれも持っていこう」

きょろきょろと周囲を見回しながらの蒼衣の言葉に、綺は、

「あれ、って——彼は人間でしょう。少なくとも、私たちと同じはずだわ」

と文句を言ってから、しまった、と思った。逆らえるような立場なのかどうか、自信がないのについ、きっぱり言ってしまった。

だが、たとえ見た目が奇怪であっても、自分たちだって合成人間といういわば化け物なのだ。あの赤ちゃんをさげすむ権利は自分たちにはないはずだ。別に正義ぶるわけではないが、でも——正樹も、きっとこれには賛成してくれるだろう。

「ふん——」

しかし蒼衣は、その綺の態度に特に腹を立てた感じでもなく、

「そうかい、そいつは後ろを振り向いてから、もう一度言ってくれよ」

と投げやりに言った。

「え……」

言われて、綺はおそるおそる背後を振り向いた。

そこには、物陰から這い出してきたブリックがいた。

ただし——それはさっきまでと違っていた。

身長が倍ぐらいになっていた。さっきまでは五十センチあるかないかだったのが、今や一メートル近くなっていた。もう胸に抱えることのできる体格ではない。乳児から幼児になってい

た。

〝…………〟

しかし、相変わらず何も表していないような、空っぽの目つきで綺を見つめてくる。直立して、何の支えもなしに立ち上がった。もう歩けるようになったらしい。

「な……」

「なんなんだろうな、こいつは。ほんとうにこれを人間と呼んでいいのかどうか、僕に教えてくれよ」

蒼衣は投げやりに言うと、自分の履いていた靴を脱いで、中にハンカチを詰めだした。何をするのかと思えば、それをブリックに履かせている。

「あ、蒼衣くん……？」

「僕は裸足でもいいんでね。むしろ足の指が使えていいくらいだ。君も服をよこせ。こんなにでかくなっちゃあ、もう裸にタオルをくるむってわけにもいかないだろう」

蒼衣は淡々と言いながら、自分の上着をブリックに着せていく。自分でブリックの異常さを指摘した癖に、それに怯《ひる》む様子が全然ない。

（この人――冷たいんだか優しいんだか、よくわからないわ――）

綺は、自分はこの状況から逃げ出すまでに、今のこの混乱から回復できるだろうか、と自問した。それはどうも難しそうであった。

2.

「神隠し、だって？」

灰色の霧状のものにすっぽりと隠れてしまった山に続く道端で、リミットはその場を封鎖している警官から話を聞いていた。

「はい、もう十数年も昔のことになりますが、この山に子供が入っていって、帰ってこなかったことがあるんです」

「死体も見つからなかったのか？」

「ええ——というか、一人は帰ってきたんですよ」

「ひとり？　二人いたのか」

「男の子が二人で——でも、戻ってきたのは一人だけでした。不思議なことに、一週間も後になって出てきたのに、行方不明になった頃と同じ服を着ていて、それが全然汚れていなかったんですよ。ポケットに入れていたっていうクッキーの包みまで残っていたそうです。腐ったりカビでも生えそうなものなのに」

警官は歳からいって、その当時に実際に事件に関わったことがあるらしく、いやに具体的なことまで説明した。

「戻ってきた子供は、何も覚えていなくて、何を訊いても要領の得ないことばかり繰り返していました。精神鑑定にもかけられたのですが、健忘症とか曖昧な診断しかできませんでした」

「そいつがもう一人を殺した、ということは？」

リミットの遠慮のない質問にも、警官は平然と首を横に振った。それは彼らも充分に検証したことだったのだろう。

「それだったら、逆に死体がわかりやすい所にあったはずです。子供の力だけではとても重い死体を動かせませんから、埋めたとしてもごく浅いところだったでしょうし」

「なるほどな——いずれにせよ、そいつはもう時効になってしまっている事件だな」

「残念ながら、そうです。その子供は未だに見つかっていません。生きていればもう立派な大人ですが——」

「もう一人の男の子というのは、今は？」

「実は、彼の方も今や行方知れずなんです」

「というと？」

「さすがにこの土地には住んでいられなくなりまして、すぐに引っ越してしまって——それで話によると、まだ高校生だったか中学生だったか、その頃に一人で海外旅行に行って、そこで消息を絶ってしまったというんです。あまり治安の良くないところに入り込んだらしくて——」

「親は生きているんだろう？　捜索を依頼しなかったのか」

「ええ――どうも、そうらしくて。一応大使館サイドでは形式的に動いたらしいんですが……家出なら、捜索願が出されなければそれ以上は何もできませんから」

「見捨てられたのか、自分から見捨てたのか――そいつの名前は？」

「記録にはあると思いますが――ああ、そう言えば、確かあだ名が〝メビウス〟とか言っていましたね」

「メビウス？」

「なんでもその子は知恵の輪が得意で、自分でも作っていて――大人でもなかなか解けなかったって言います」

「メビウスの輪ってのは、別に知恵の輪のことじゃないだろう」

「まあ、子供のあだ名ですからね。深い意味はないでしょう。でもなんか、そういう感じの子供でしたよ。一日中知恵の輪をいじっているような――」

「ふむ――」

リミットは灰色に包まれた山に眼をやる。

「ここで、か――そいつが何かと出会っていたとしたら――」

その囁きは小さなものだったので、警官の耳には届かなかった。

「迷子《ロスト》のメビウス、ね――」

彼は不安そうな顔で、同僚たちが入っていった山に眼を向けていた。山に続く道路は、まる

でそこで線を引いたように、灰色の霧に分断されていた。

いや——それは本当に霧なのか。

それにしてはあまりにも濃すぎて、まるで煙のようで、しかし何の臭いもなく、燃えているものもない。それに動かない煙などはない。

そう、まったく動かない——霧はふつう、多少は微風によって動くものであるが、これはぴくりとも動かない。

リミットは、爪先で小石を蹴って、霧の向こう側に蹴り込んでみた。

ふっ、と石は溶け込むように灰色の中に消えて、そして——音が返ってこない。地面に当たる音も、藪に入る音もしない。

「……………」

そうやってリミットがしばし思案しているときに、それは起こった。

霧の表面に、ざわわっ、という細波《さざなみ》のような波紋が生じて、直後その中心から——車が飛び出してきた。

茶色い車に見えたが、違った——それは全体が赤錆に覆われていたからだった。

その車は、走っているのではなかった。車輪はもう四つとも吹っ飛んでなくなっていた。地面とほぼ平行に、向こうから吹っ飛ばされてきたのだ——霧の中から現れた途端に、そいつは、ごっ、という風を切る音を立て始めた。

まっすぐに、リミットと警官の立っている方に、飛んできた。

「ひっ——」

警官はか細い悲鳴を上げかけた。迫ってくるのが速すぎて、人の足では避け切れそうになく
——だがリミットは、

「………………」

とまるで動じる様子もなく、その迫ってくるものに冷静な視線を向けている。

そして彼女の寸前にまでその車が到達したときに、異変が生じた。

車は、唐突に大きく跳ね上がった。

そこから先に進むことを禁止されているかのように、上に——そして落ちかけたところで、また弾んだ。

前方、上方を問わず、とにかくその突進物はリミットの周辺に入れないのだった。そのまま車は後ろにすっ飛んでいき、山道の土砂崩れ防止用のコンクリート壁に激突して、やっと停止した。

リミットの特殊能力〝エアー・バッグ〟——それは彼女の身に迫ってくる危険をとにかく遮《しゃ》断《だん》する、絶対的な防御能力である。

彼女の双子であるリセットの〝モービィ・ディック〟の発射する破壊能力とはちょうど逆で、彼女が触れている周辺の空気を、彼女を守るための盾に変質させるのだ。これはあくまで彼女

が空気に触れていなければならず、空気の塊を離れた位置にいる相手にぶつけることなどはできない。だが逆に、どんな速度で発射された攻撃だろうと、空気の壁だけでそれを遮断できる──触れる物は別に空気でなくてもよく、たとえば彼女が乗っている車は、たとえ戦車砲で撃たれても決して射抜かれることはないし、それで転倒したりもしない。

ただ、攻撃を跳ね返す。

彼女の放っている独特の生体波動が、接近する相手の持つ運動エネルギーの方向をねじ曲げてしまうのだろう、と統和機構の研究者は分析しているが、リセットの能力と同様にこれも完全に解析することは未だにできていないし、リミット自身もこれが何に由来している能力なのか、自分でもわからない。

ただ、あるのだからあるのだろうと思っている──その辺はリセットと同じだが、彼女が妹と違うところは、

(世津子はこいつを、仕方のないものとして、ただ破壊するだけの〝兵器〟として受け入れてしまっているけど──私は、この能力の他の使い方をまだ、知りたいと思っている)

──という点にあった。実際の合成人間の戦闘力としては、周辺環境のすべてを利用できるリミットの方がむしろ実戦的とすら言えるのだが、それでもなお、リミットは統和機構に命じられるだけの殺戮《さつりく》兵器ではない利用法を、密かに探っているのだった。

「…………」

リミットは、自分の頭上を転がっていった車の方に眼を向けた。

横にいる警官は、茫然としていて何が起こったのかわからない。

「……あ、あれ……？」

「運が良かったな――たまたま路面に変な風に引っかかってくれたようだ」

リミットは適当なことを言って、車の方に寄っていく。

「え、ええ？　いや、だって――」

警官は訳がわからない。路面に引っかかったとか言われても、その道路そのものには擦った痕も何もないのだから。

「それよりも、こいつをどう思う？」

リミットの冷ややかな声に、警官はおそるおそるその車に眼を向けて、そして絶句した。

「――う……」

その車は、今では見る影もなく朽《く》ち果てていたが、わずかに残された塗装の痕跡、そしてパトライトの残骸から、元はパトカーであったと知れた。そしてそのナンバープレートに整形されている数字は――ついさっき、山の中に入っていったパトカーそのものであった。

そして、その座席にはふたつの人影があったが、しかし――その二つともが、もはや人間ではなかった。それを表現するのには、ほとんど一つの名称しか思いつけない。

「ミイラ、だな――しかも、相当の年数が経っていないと、ここまでにはならないな」

リミットの言葉通りに、その座席に座っているミイラはどう見ても死後数十年は経っているような有様だった。リミットは何の遠慮もなく、ミイラの胸元に手を伸ばして、そのガサガサになっている服の残骸から何やら板状のものを取り出した。それはプラスチックの中に封じられていたので、まだ風化せずに残されていた身分証だった。

「谷崎《たにざき》と、木口《きぐち》というらしい——こいつらはさっき入っていった者に間違いないか?」

「え、ええ——え?」

うなずいて、しかしそれが何を意味しているのか警官にはまったくわからない。ついさっきに自分に〝ここを封鎖しておけ〟と命じたばかりのはずの人物が、どうして一時間程度でミイラになって出てくるのだ?

「ふむ——」

リミットはまた、少し考え込んだ。もはや大当たりなのは間違いないようだった。人知を超えた事態が、この灰色の霧の中で起きている。

(蒼衣秋良は、もう生きていないかな? それとも何かと戦っているかしら——いずれにせよ、外部から内部のことを知るのはまず無理ね)

知るためには、中に踏み込まねばなるまい。

(さて——どうする)

リミットが悩んでいるのは、別に危険に飛び込むことを躊躇《ちゅうちょ》してでのことではなかった。自分がここで踏み込むことが、中枢《アクシズ》に独断専行と取られないかどうか、それを考えたのだ。しかし——。

(どうせ警察に犠牲者が出るほどの騒ぎになってしまっている以上、私が情報を隠しても無駄というもの——関われるチャンスは今しかないわね)

そう思ったときには、もう足を前に踏み出していた。

「あ、あの——」

警官が怯えたような声を上げたが、彼女は静かに、

「おまえはそこで待機し、指示されたとおりにこの場を通行禁止に留めておけ。新しい指示が県警から来たら、それに従って行動しろ」

と命じて、自分だけで灰色の霧の中に足を踏み入れた。

もしも危険な物質なり、毒ガスなりがあったとしたら、彼女の〝エアー・バッグ〟がたちまちそれを弾《はじ》いたはずだが、そういうこともなく、彼女はあっさりとその結界の中に入っていった。

一歩、侵入した途端に彼女は、

「——む」

と眉《まゆ》をひそめた。

そこにはもう、霧など掛かっていない。

後ろを振り向くと、そこには入ってきたのと逆に、向こう側が霧に包まれているように見える。

（――つまり〝壁〟があるだけで、霧そのものは存在しないのか）

そして彼女は、また逆向きに戻っていった。

すると警官がきょとんとした顔で、こっちを見つめている。

「は？　あの――」

「念のために聞いてみるが――私は、たった今、この中に入っていったよな？」

「え？　ええ、そりゃもちろん――」

「そうか。ならいい」

彼女はまた結界の内側に戻った。竜宮城《りゅうぐうじょう》のように、この中の時間の流れだけが速いということはないらしい。そして自分がその気になればいつでも戻れるのもわかった。

（とにかく、蒼衣秋良と接触が切れた地点に行ってみるか）

リミットは普通の人間のフリをする必要がなくなったので、強化された脚であっというまに山道をバイク並みのスピードで駆け上っていく。

彼女はほんの数分で、その地点に到達した。バスよりも速かった。

窪みのようなその〝牙の痕〟と呼ばれる地点には、彼女は以前にも来たことがある。しかしそのときには何の変哲もない場所でしかなかったが、今では――周り中がおかしかった。

辺り一面が見る影もなく、ほじくり返されて破壊されていた。

光る竜巻が通過した痕だったが、このときのリミットにはまだそのことはわからない。

「なんだ——戦争でもやったのか？」

そういえばこの地点は〝爆心地〟とも呼ばれていたようだが——なにが爆発した痕だったのだろうか？

彼女がそうやって観察していると、唐突に、

「よう、雨宮」

と背後から声を掛けられたので、彼女はびくっ、と背後を振り返った。

そこに立っている顔は、知っているものだった。

「ええと——どっちだ？　世津子ちゃんか、美津子か——」

双子の妹の方はちゃん付けなのに、姉は呼び捨てにするそのぼさぼさ髪の瘦せた男は、

「……長谷部京輔、いや〝イディオティック〟——」

システム内部では、そう呼ばれている男だった。

彼女が呟くと、長谷部はああ、とうなずいて、

「なるほど、そこまでは腐っていないようだ。妹を差し向ける訳じゃなくて、自分で危険な所に出向いてくるというのは」

長谷部はうんうん、と一人で納得している。

彼が何者なのか、リミットですら正確には知らない――。

今もまったく気配を感じられなかったが、しかしそれは始めてのことではなかったので、そのことには動揺しなかった。彼女が焦っているのは、この男が彼女よりも先にここにいる理由だった。

「――蒼衣秋良と、一緒にいたんですか?」

質問してみた。しかしこれはそうに違いないことぐらいはもう、わかっている。

「ああ、おまえのお気に入りの彼氏とね。なんだか可愛らしい彼女と一緒だったが。カミールといったっけ、彼女」

長谷部はとぼけた調子である。何もかもお見通し、といった感じだ。

「…………」

この〝イディオティック〟というコードネームで呼ばれる男は、システムに属しているようで、属していない――そういう奇妙な位置にいた。彼のことを彼女の統轄下にある合成人間たちが報告してきたことは数知れない。正体不明の怪しい奴がうろついている、と――しかし彼女もそれには何も答えようがないのだった。

ただ――確実に中枢《アクシズ》と何らかのパイプでつながっている。

滅多に使われることのない特別回線で〝彼については関与するな。その全行動を黙認せよ〟という第一級指令が下りているのだ。これは別に彼を保護し補佐せよというわけでもなく、その命令を聞け、ということでもない——いないものとして扱え、というのだ。

こんな命令は、他の者ではあり得ない話だった。そして——実際に合成人間でさえ生命を落としかねない危険な任務のど真ん中に現れながら、傷ひとつ負わないで去っていく。

何をしているのか、誰も知らない——ただの酔狂にしか見えない。だから〝馬鹿みたい《イディオティック》〟という呼ばれ方をされるのだった。

「それで——おまえの方では何かわかったのかな」

長谷部は訊いてきた。これにリミットは厳しい声で、

「あなたについては、何も関与するなと命じられていて、質問に答えろとは言われていないのですが」

と言った。すると長谷部はにやにやして、

「別にここにおまえが来ているのも、命令されてじゃないだろう。ここはお互いに協力しないか？」

とウインクして、そして決定的な一言を放った。

「なあ——統和機構には内緒にして、よ」

「…………」

カマを掛けられているにしても、あまりにもあけすけな言い方だった。

長谷部京輔——この〝特例〟はいったい世界の何を調べているのだろうか？

「まあハリウッドも気にしないから、おまえも軽い気持ちでいろや」

「あの——」

リミットは長谷部の言葉に引っかかった。

「以前から、あなたはよくその〝ハリウッド〟という単語を使いますが——それは一体、なんのことですか」

そんなコードネームは他では聞いたこともない。

「ああ——別に映画の都のことじゃないぜ。なにしろあの頃はまだ、そんな街そのものが存在していなかったからな——その内に向こうの方が有名になっちまったんで、その国の言葉に合わせていちいち名前を変えるようになっちまったが」

訳のわからないことを言う。

「……？」

「いずれにせよ、おまえだって自主的にここに来た以上、判断も自分で下せるはずだ。俺を利用するぐらいのことは、考えてもいいだろうが」

「……まあ、そうですね」

リミットはうなずいた。ひとつだけわかっていることは、もはや彼女が引き返せない立場にいるということだ。ためらっている余裕はない——。

3.

〝……付近で爆発事故が生じたという連絡がありましたので、当列車も警戒のため一時停車させていただきます。復旧の見通しは……〟

電車がいきなり停まった上に、そんな車内放送が掛かりはじめたので、来年受験する大学を下見に行こうとして乗っていた末真和子は、かなり焦った。

「え、ええ？　なによそれ？」

「…………」

隣に座っている友人の宮下藤花も、憮然《ぶぜん》とした顔になった。

「やだ、どうする？　どうしようか？」

末真はあわてて路線図やら時刻表やらを取り出して、色々と調べ始めた。でも他の路線に乗り換えるとして、そっちも動いていなかったら困るし――。

「…………」

横に座っている宮下は、なんだかぼんやりとしたままだ。

「ああまいったわね！　午後には予備校に戻らなきゃならないのに――ええと」

末真がぶつぶつ言いながらごそごそやっていると、宮下藤花はふらりと立ち上がって、

「ちょっと——行ってくる」

と言って、そのまま停車している電車から駅のホームに降りていってしまった。

「あ、トイレ？　でもすぐ発車するかもよ——」

と末真が顔を上げたときには、もう宮下の姿はどこにもない。

（……そんなに我慢していたのかしら？）

末真は、宮下のそれまでの様子を思い出してみたが、別にふつうにお喋りしていただけだったので、なんか変だなと感じた。

そして、どうもカバンも持っていってしまったらしい。いつも彼女がぶら下げているスポルティングのバッグがない。

（別に、見ててあげるのに——慌ててたのかしら）

彼女は自分も立ち上がって、駅のホームに降りてみた。

爆発事故、とか言っていたが——どこかに煙でも立っているだろうか。

「んー……」

そう言えば、向こうの方の山がなんだか灰色のもので覆われているようにも見える。あれかな——と彼女が思ったとき、その眼がその下の道路を走っていくひとつの影に釘付けになった。

一台のバイクが、すごいスピードでその山に向かって走っていく。黒い革のつなぎを着たその細いシルエットは女性のそれで、そして末真はその人物に見覚えがあった。

よく知っている。実によーく知っているのだ。なにしろ彼女は、その人物に生命を助けてもらったことがあるくらいなのだから。

「な——凪?!」

一瞬であっても、末真にとって見間違うはずのない〝炎の魔女〟霧間凪の姿は、バイクがカーブを曲がってすぐに見えなくなる。

(どーーどこに行くのかしら?)

どう見てもスピード違反で飛ばしていたから、急いでいるのは間違いない。なにか事件があったのだろうか?

(いや、そういえばあっちの山って、さっき綺ちゃんと別れてきた方だし——)

末真の心に不安が広がり、彼女はすぐに織機綺の携帯電話に連絡しようとした。

だが、つながらない。圏外にいるらしい。それとも——。

(……うーん)

彼女は迷いつつも、今度は凪の義弟で綺のボーイフレンドである谷口正樹に電話してみた。

すると朝も早いはずなのに、正樹はすぐに出た。

〝もしもし、末真さん?〟

彼の声は明らかに焦っていた。

「ああ、正樹くん? あのね、あなたから綺ちゃんに連絡取れないかしら?」

と末真が訊くと、彼は、

〝や——やっぱり何かあったんですか?!〟

と大声を出した。末真は動揺する。

「や、やっぱりって何が?」

〝ついさっき、姉さんからも同じような電話があって、綺がどこにいるかすぐにわかるか、って——彼女に何かあったんですか?〟

「い、いや——それがわかんないのよ。でも私はついさっきに綺ちゃんと会ってて、別れて、その後でそっちの方に凪がすっ飛んでいくのを見て——いや、なんか」

末真は急に、強い不安に囚われた。

「……爆発事故がどこかであった、とか——」

〝ええっ?!〟

正樹の声はもう、完全に悲鳴になっていた。

心の中に、落ちてる影が――

BOUND 4.

……後ろに誰かがいる。

綺はふいに、そんな気配に囚われて後ろを振り向いた。

しかしそこには、相変わらずの深い山の茂みがただ、どこまでも続いているだけだ。

「…………？」

綺は首をかしげた。確かに――何か妙な、まとわりつくような感覚があったのだが……。

そんな彼女の横には、ブリックと名付けられた赤い色の子供がちょこん、と立っている。

謎の人間爆弾と遭遇してから、結構な距離を歩いてきたのだが、この子には疲労の色はまるで見られない。むしろ綺の方がかなりへばってきていた。

そんな彼女が、妙な気配を感じた――。

「なんだ、どうした？」

前を行く蒼衣が声を掛けてきた。相変わらず心配そうというよりも、ややうんざりしたような突き放した声の響きである。

「いや――なにか、後ろにいるみたいな気がして」

「尾行されている、っていうのか？　今までずっと？」

呆れたような声で言われた。

「そいつはすごいな。是非《ぜひ》その感覚を僕にも分けてくれ。こっちは何も感じられないんでね」

嫌味ったらしく言われる。本当にこの少年は、こういう口の利き方しかしないようだ。

「別に——確信があるわけじゃないけど」

「そいつは今でもあるのか。その感覚とやらは」

「いいえ——後ろを見たら、何もなかったわ」

綺が言うと、蒼衣は「ああ」と頭を振って、

「そうじゃない——見たけどないとか、そういうんじゃない。感覚の方だ。その違和感はまだあるのか、って訊いているんだよ。君の視覚情報分析能力なんかには全然期待していないんだからな。しかし感性は、こいつは肉体能力とは関係ない」

ねちねちと言われるが、しかし質問の調子そのものは真面目だった。

「なにか、感じたんだろう——その感じはどこから来たんだ」

「え、ええと——後ろっていうか、でも……」

綺は困った。彼女はこれまで、自分の感覚をそんなに研ぎ澄ませて考えたことはなかった。

戦いの中でただ流されるままだった綺と、自分の力だけで生き抜いてきた蒼衣のと間にある溝《みぞ》はかなり深かった。彼はこれでも、綺の方にやや歩み寄ってくれているのかも知れない……。

「……実は、まだなにか感じてる、みたいな」

自信なさげに、でも一応正直に言った。

蒼衣はその彼女のおどおどした態度の方には何の苛立ちも見せずに、ただ言葉の内容に反応した。

「——そうか、くそ」

そして自分も周囲を見回した。

「厄介《やっかい》だな——そいつは本当に後ろなのか？」

「ええ」

綺が肯定すると、蒼衣は「ん？」と眉をしかめた。

「なんだ、そこだけヤケにうなずくな。背後にいて振り向くと、いるって気がするのか」

「ええ、そんな感じ」

「あー……」

蒼衣は顔をしかめた。もしかすると、それは彼女にわざとわかるように気配を送っているのかも知れないと思ったのだった。ということは、蒼衣にはわからなくて当然であり、かつ相手の方がこっちを手玉に取っていることになる。

（いや、実際に充分すぎるほど翻弄《ほんろう》されてはいるんだが）

蒼衣は少し苦笑した。自分の無力さをあらためて痛感したのだ。彼はいつだって、それを思い知らされつつ生きているようなものだ。漠然とした復讐以外に生き甲斐《がい》もなく、秘密を共有していたリミットにも利用されるだけで、そして——誰も助けに来ない。そういう人生だった。

「？」

綺には彼がなんでそこで少し笑うのか、全然わからないのでとまどう。

「——とにかく、今は進んでおこう。気にするなとは言わないが、あまり余計なことにエネルギーを使うなよ」

言うと、裸足の蒼衣はまたさっさと山の道なき道を進み始めた。やっぱりペースが速くて、綺はついていくのが精一杯だ。

その横ではブリックが、

「…………」

と何も言わずに、何の表情もなく、彼女の歩調とぴったり同じ速度で歩いている。

そうやって三人は、どこかにあると思われる出口を探し求めて、とにかく山を下っていく。

遠くで、時折〝おおおう〟というような声のようなあの竜巻の音がするが、しばらくするとまた遠ざかっていく。

これはどういう風景なのだろう、と綺はぼんやりと思った。

さっきの人間爆弾は、この山にばらまかれている何者かの罠なのだろうか？　それとも——

ここにいると、いずれ誰もがああいう風な爆弾に変えられてしまうのだろうか？

（私たちは、迷い込んでいる——）

あのバスの爆発が、この訳のわからない異界に自分たちを吹っ飛ばしてしまったのか。

(ここは——どこなのか)

彼女は山には詳しくない。生えている草などを見ても、その特徴から情報を得ることはできない。

でも、その彼女でも、さすがに——。

(この場所って、なんだか——単調だわ)

それぐらいはわかっていた。行けども行けども、何も変わらない。

「…………ふう」

いや、ひとつだけ歴然と変わっていくのは、彼女自身だった。

疲れてきていて、脚がもつれ始めている。息が上がり始めている。指先が微妙に痺《しび》れはじめている。ここがどんな世界であろうと、綺自身は悲しいほどに、そのままなのだ。

しばらく歩いた後で、また蒼衣が立ち止まった。

そして足元の地面を、なにやらいじっている。

「蒼衣くん、どうかしたの——」

と彼女が覗き込むと、そこには地面に埋もれたひとつの物が半分露出していた。

それはクッキーだった。

真っ赤なゼリーが表面に散りばめられている子供のおやつだ。それが綺麗なままで、地面か

ら顔を出している。変な言い方だが、綺はそれが埋まっているのではなく、

（なんか――生えてきた、みたいな……）

種から芽が伸びるように、この世界の大地からそのクッキーが生えてきた、そんな気がしたのだった。

「……………」

蒼衣は、そのクッキーそのものには手を伸ばさない。その周辺を慎重に探っているだけだ。

「こいつをどう思う」

訊かれたが、綺には答えようがない。ええと、とか口ごもっていると、蒼衣は、

「少し離れよう――」

と言って、彼女とブリックの背中を押すようにしてその場から少し離れた。そして距離を取ったところで、そのクッキーめがけて石を投げつけた。

石が命中した瞬間、そのクッキーは大爆発を起こして、周囲の木々と空気をびりびりと揺らした。

「…………」

綺が絶句していると、蒼衣がぼそりと、

「地雷ってわけか、それともここにある変な物は、みんな爆弾に変えられてしまっているのか――いや」

そう呟いて、そして眉をひそめて、

「変えられているとかじゃなくて、最初から全部が爆弾なのか……？」

と考え込んだ。

綺は困惑して、ただ立ちすくんでいる。

すると――その背後に誰かが立った。

ねっとりとした息が耳元に絡みつくような、暑苦しいほどの体温が感じられるような、ほんのすぐ後ろに――。

「…………っ?!」

綺はびくっ、として後ろを振り向いた。

だが、そこには誰もいない。

いるはずがない。

そもそも――今の気配を綺は知っていた。あいつがここにいるわけがない。あいつはもう、とっくの昔に――

（そう、死んだはずで――）

綺が茫然としているところで、蒼衣が、

「なんだ、また後ろに気配を感じたのか？」

と訊いてきた。これに綺はあわてて首を横に振った。

「い、いいえ。違う——違うわ。違うのよ。絶対に違う——」

何度も同じことを繰り返してしまう。すると蒼衣がうんざりしたように、

「いいから落ち着け。しっかりしろ」

と言った。しかし今の綺にはそれは無理な話だった。

そう、何故ならば今——彼女が感じた気配というのは、どこぞのものとも知れぬ謎の敵の気配などではなく、知っている人間のものだったからだ。


〝おめーはまったくの、くそったれの役立たずだ〟

あの声がまた、脳裡《のうり》に反響する。

そう、彼女の後ろに立っていた気配は、故スプーキー・エレクトリックの、あまりにも他人と違いすぎる濃厚なそれだったのだ。

〝…………〟

動揺している綺を、下からじっ、とブリックがそのガラス玉のような眼で見つめている。

綺はその視線に、急に心を掻《か》き乱されるような気分になった。まるで見たくないものを映し出す鏡を覗き込んでいるような——と、彼女が思わず、その子供から眼を逸らしたそのときだった。

「おい——」

という蒼衣の声がした。

「そいつは——いったい誰だ？」

突然に訳のわからないことを口走った。

え、と綺が顔を上げて、そして蒼衣が見ている視線の先に——彼女の背後に眼をやった瞬間、彼女は心臓が停まるかと思った。

そこに立っているのは、紛れもなくスプーキーEだった。

彼女が恐れ、彼女が嫌悪してきたその醜い男が、妙にぼんやりとした表情で、ぼーっと突っ立っている——。

「——あ」

綺は、思わずそいつを突き飛ばそうとしてしまった。反射的に手が出ていた。出しながら、しかし——しまった、と心の片隅にわずかに残っていた冷静な部分が悟っていた。

そのスプーキーEそっくりの人影は、その空っぽな表情は——さっきの刺青入りスキンヘッドのチンピラのそれと、まるっきり同類だったのだ。

（じゃあ、こいつも——）

思ったときには、指先がわずかにそのスプーキーEもどきに触れていて、そして同時に——

彼女自身も恐ろしい勢いで横に突き飛ばされていた。

蒼衣が、彼女の身体を摑んで引き剝がしていたのだった。あまりの速さに、それがまるで交通事故の追突にあったような衝撃として彼女に伝わったのだ。

そして——軽い車の追突程度では当然、すまなかった。

そのスプーキーEは、次の瞬間には爆発していた。

だがその爆風は直接には綺とブリックには達しなかった。

それは彼女たちと身体をぐるりと入れ替えた形になった蒼衣秋良の、その背中で受けとめられていたのだった。

だが——勢いまでは止められない。

綺とブリックはいわば蒼衣に押し倒されるような形で、一緒になってもんどり打って、地面をずるるっ、と何メートルも引きずられた。

耳の奥がきーん、と鳴っていた……しかし鼓膜が破れるほどではなかった。ただ身体がぐるぐる回っているような変な感じがした。

(あ……ああ)

綺は、自分の上に覆い被さったままの蒼衣が、異様に重たいのに動揺していた。

その重さは、彼の体重そのものがそのままのしかかっているからだった。彼自身が、己を支えるのになんの力も使っていないからで——そして、綺の顔にぱたぱたと降りかかってくる熱い雫は、真っ赤な色をしていて……。

「あ、あ——蒼衣くん！」

綺の悲鳴にも、彼の返事はなかった。

蒼衣秋良の背中には、衝撃で斬られて、ばっくりと開いた大きな裂傷ができていて、そこから血がどんどん流れ出ていて、そして本人は、ぴくりとも動かない——。

2.

「——蒼衣秋良たちがどうなったかは、俺にもわからないんだよ」

長谷部京輔はリミットに無責任なことを言った。

「一緒にいたんじゃないんですか？」

「俺だけ、特別な方法でバスから逃げたんでね——」

へらへらと笑いながら言う。どこまでも軽薄な印象で、とてもこいつが統和機構にすら一目置かれている重要人物とは到底信じがたい。

「……しかし死体はないですね。血痕もない。織機綺のもない」

リミットが周辺に眼を配っていると、長谷部は、

「蒼衣ってのは、どれくらいできるヤツなんだ？」

と訊いてきた。リミットは特に彼の方を向きもせずに、

「相当なものです」

と気のない返事をした。

「おまえが言うのか、それを？」

「事実ですから」

リミットは別に嘘を言っているわけでも大袈裟に言っているわけでもない。彼女の感じているありのままのことを言っているだけだ。蒼衣秋良はかなり優秀なのである。能力はもちろん、本人に隙がない。復讐という目的に縛られ過ぎているきらいがあるが、それ以外は特に欠点らしいものが見当たらない。

（どこかに逃げたと考えるのが自然だけど……何から逃げたのか、そしてこの長谷部のことを見逃していることから、かなり慌てていたはずだけど——）

いずれにせよ、リミットには少し余裕ができた。それがどんな敵であれ、蒼衣が逃げ延びられるような相手ならば、彼女の〝エアー・バッグ〟で充分に対抗できるだろう。蒼衣の強さは桁外れのフォルテッシモなどとは違って常識的なレベルだ。それでしのげる程度の脅威ならば恐れることはない。

「……む」

そうしている内に、彼女は地面に残されている足跡を発見した。

森の中に続いている、二つのそれは男と女の歩幅だ。ひとつは蒼衣のである。

(もうひとつがカミールか？　……しかし、なにか荷物を抱え込んでいるような力の入り方だな。二人ともこの時点では無事なようだが――蒼衣がカミールを導いているのか、これは)

足跡のへこみ具合からリミットはあれこれ分析した。

「ほほう、こっちに逃げたのか」

長谷部が寄ってきた。

「何かわかるかな、例えば、どっちかが何かを持っているとか」

「さあ、足跡があるだけですから」

リミットは顔色ひとつ変えずに嘘をつく。でも相手だってカマを掛けているだけで、何が起こったのか実は知っていてもおかしくない。

「追うかい？」

「あなたはここに留まるんですか」

「いや、お供させてもらおう」

二人は蒼衣たちの足跡を追って森の中に入っていった。

だが、すぐにリミットは奇妙なものに出くわした。

地面に残っている、その足跡が――いきなり異様な形になっていた。

「……なんだこれ」

思わず呟いていた。

その足跡はかかとしかなかった。しかしそれはかかとの部分だけが残っているのではなく、なんというか——爪先にあたるところにも、かかとの形がついているのだった。

立ててある鏡の横に人を立たせて、それを斜めから見るとその人の胴体が分裂していく途中のように見えるが、それを足だけでやっている感じだった。かかとが前にも後ろにもついていて、鏡の中と外とがくっついているように——しかし、

（左右が反転してないで、なんかねじれている——）

その不可解な形は、リミットに、さっき聞いたばかりの名称を嫌でも思い出させた。

（まるで、メビウスの輪みたいな——）

そして、そのしるしから先にはもう足跡はない。

（なんだ——蒼衣たちはどこに消えたんだ？）

戸惑っているリミットに、背後の長谷部が静かに、

「なあ——おかしいとは思わないか」

と当然すぎることを訊いてきた。リミットが訝しげな眼を向けると、彼は、

「その足跡の途切れ方もそうだが——この辺の緑をよく見ろ」

と言って腕を広げてみせた。言われた通りに周囲を見回したリミットは、そこでぎょっとなった。

辺りの木々が、ことごとく——すっかり枯れ果てていて、ボロボロになってしまっていた。

何百年も経過した後のように、そこだけが異様に古びてしまっていた。

その中心点に、蒼衣たちの消えた足跡がある——。

3.

〝——きて、起きて〟

〝起きて、蒼衣くん——〟

〝目を、目を覚まして——〟

……誰かが呼んでいる。

起きろ、起きろとうるさい。

ということは今、自分は眠っているのだろうか、と蒼衣は思った。

しかし蒼衣は昔から、むしろ寝起きが良すぎて困っていたぐらいなのだが——たとえば夜中に仕事から母が帰ってきたときなど少し物音がしただけで、もうドアに鍵が入るときから眼がぱっちりと醒めてしまっていた。でも彼が起きていると母は〝子供がいつまでも起きているんじゃない〟と説教し出すのでいつも眼を閉じたまま、母自身が寝床に入るまでじっとしていた。

そして彼女が眠りに着いた頃、一人で身を起こして、窓の外の月などを見上げていたものだった。

母は外では夜の仕事などをしているせいなのか、家の中では格好を付けることを嫌って、自分のこともママではなく母ちゃんと呼ばせていた。

「ねえ秋良」

「なんだい母ちゃん」

「あんたは、大きくなったら何になりたいのよ?」

「別に、よくわかんないけど」

「それじゃいけないわ。なれるかどうかはわかんないけど、とにかくなりたいものを見つけなさい。野球選手でも科学者でも、なんでも」

「そんなこと言ってもさあ」

秋良はもう、その頃には自分と他の人間との違いがわかっていたので、そんな自分が普通の社会の中で何をするべきなのかとか、まったく見当が付かなかった。母は彼に、その生まれについては説明したのだが、それはもう過去の話で後は普通人と同じように生きていけるはずだと思い込んでいるようだった。彼の特殊能力〝コールド・メディシン〟のことを母は知らないので、当然であったが。

「あんたはさあ、学校の成績も良くて、喧嘩《けんか》もしないし、でもなんか、どっか半端で頼りないのよねえ」

こういう話でも、異常な存在だから変なことになるかも、という発想がまるでなかったようだ。だから彼としてはすこしイラついて、

「母ちゃんはどうなのさ。子供の頃、何になりたかったんだよ」

と口を尖《とが》らせて訊いた。

「あたし？　あたしはさあ、平凡だけど幸せな家庭が作れるような、そういう人になりたかったよ。あたしは頭が良くなかったし、ウチはとんでもない借金があったから、夜逃げしててまともな家庭でもなかったし――」

その借金の肩代わりをしてくれるというので、母は自分の親に売られるようにして、怪しげな組織に合成人間の種を植えつけられたらしい、ということはもう蒼衣も察していた。そんな直接的な言われ方はされたことがないが、話をつなげていけばそういうことにしかならない。どう考えても彼のことはただのお荷物だったはずだ。

「じゃあ駄目じゃん」

「どうして。今はあんたがいるじゃないの。いい感じだし。夢がかなったわ」

無邪気な顔して笑いながらそう言われても、秋良としては困ってしまう。母はさらに続けて、

「あんたさあ、もしかしてなんか、どっかで遠慮してんじゃないの？　学校の成績だって、なんかいっつも二番とか三番だけど、ほんとは一番とか余裕で取れるんじゃないの？」

と真顔でまじまじと彼を見つめながら言った。

「無理言うなよ」

と応じたものの、それは事実だった。はっきり言って彼は色んな事で力をセーブしていた。全体を把握してからでないと手の抜き所もわからないので、逆に大変なくらいだった。母はあまり意識しなくても、彼としては自分が〝怪物〟であることの意味を考え続けずにはいられないのだ。それを隠さなければならないことも。

「何があっても、あんたのことはあたしが守るからさ、なんでもどんどんやっつけちまいなさい」

薄い胸を張ってそんなことを言うのが口癖で、その度に秋良はちょっとうんざりしていたものだ。実際に彼が学校などで身寄りの不安定さなどから厳しい目に遭っているときは、母は仕事で外にいたわけだし——。

（守ってあげる、か……）

母は死んだとき、最期に何を思ったのだろうか。いや、交通事故でほぼ即死だったから何も考えられたはずはないが、考えていたとしたら、なんだったのだろうか——やっぱり秋良に向かって「なんでもどんどんやっつけろ」と言いたかったのだろうか。「あんたはあたしが守る」と——。

（守って——くれてたのか、くれてなかったのか——今まで、あんまり考えてなかったな、母ちゃん……）

蒼衣は、なんで今、自分は母のことなどを回想しているのだろう、と自分でも訳がわからなかった。

母との記憶は、たいてい彼女が寝た後の、ひとりきりの静かな夜の静寂だ。

あのとき自分は、母を起こしたかったのか、それとも一人でいたかったのか——それすらわからないままだ。

「あんた、起きてるの？」

母は目を閉じている彼に向かって、酔っぱらいながらそんなことを訊いてきて、それに寝たふりをやめて答えたことは一度もなかった。

だから今も、いくら呼ばれても起きる必要はなくて——いや、今は——今っていつだ？

〝目を、目を開けて、蒼衣くん——〟

声はどんどんはっきりと聞こえてくる。誰の声だったか。母のそれでないことは確かだが、ええと——と彼がぼんやりしていると、突然背中にものすごい激痛が走った。

「——ね、ねえ蒼衣くん、ねえ——」

綺は、蒼衣の背中の傷に対して、それがあまりにもひどく見えたので何をしていいのかわからず、すっかり動揺していた。

とにかく治療しないと。血が流れ出るのを止めないと——でもどうしていいのかわからない。しかし、とにかく蒼衣の背中の傷に汚れが付着しているのが眼についたので、ばい菌が入ったら大変だと思い、それをハンカチで拭き取ろうとした——その瞬間、

「——おい」

と、蒼衣がいきなり目覚めて彼の傷に触れかけていた綺の腕を俯せになっているにも関わらず、腕をねじ曲げるようにして、その手でぎゅっ、と摑んできた。

「痛いぞ」

ずいぶんと明瞭な発音で言われたので、綺は逆に驚いた。蒼衣は彼女の腕を摑んだまま、身体をぎくしゃくと起こした。

「——くそ、どのくらいノビてた？」

蒼衣は忌々しげに訊いてきた。しかし、

「いや——一分、いえ三十秒と経っていないけど」

としか言いようがない。まだ爆発が起きた直後と言ってもいい。蒼衣はむしろ、意識を取り戻すのが異様に早かったのである。

「そうか——」

と言いつつ、蒼衣はまた周囲を見回している。

「いきなり現れたな——あの変なデブは、あれは君の知り合いだろう」

とスプーキーEのことを訊かれて、綺は仕方なくうなずく。

「でも、もう死んでいるはずで――」

綺の弁解めいた声になど耳も貸さず、蒼衣は、

「どう考えても、あれは突然涌いて出たぞ。あんなのがいきなり出てくるようじゃ、どこに行っても安全じゃないってことにしかならないぞ――」

と呻いた。

そして綺の腕をやっと放して、そのまま背中の裂けた服を剝ぎ取るようにして、脱ぎ捨てる。

その場に座り込んで、何をするのかと思えば、ポケットから裁縫セットのようなものを取り出して、先の曲がった針に細い糸を通して、そして――腕をぐにゃりと曲げるようにして背中の方に回して、自分で自分の傷口を見もしないで縫い始めた。ずいぶんと身体が柔らかいというか、曲芸師のような動作である。その指先の動きは細やかで熟練しており、彼がそういうことをするのは始めてではなさそうだった。怪我をするのに慣れている。

血塗《ちまみ》れの傷口を縫っていく光景は見ているだけで痛々しいが、本人はぶすっとしたような顔であり、苦悶に呻《うめ》いている様子はない。しかし奥歯を嚙みしめていることからも、相当に痛いはずである。

「…………」

綺は絶句していた。蒼衣はさっさと傷を縫い終わり、出血もちゃんと停まっていた。

「あ、蒼衣くん――その――」

「あ？　なんだ」

蒼衣は血にまみれてズタズタになっている服を手にとって、それを着直すかどうしようか考えているようだった。

「その――あなたの能力って――」

「ああ。自分の傷は自分の能力では治せない。あくまで他人の生命力を刺激して、活性化させる能力だからな――自分の損傷には効かない」

さらりとした口調で言う。と、痛みがぶり返してきたのか、少し身体が揺らいだ。思わず綺が支えようとすると、彼はそれを乱暴に振り払って、

「――いや、多少は傷の治りは早いんだよ、劇的に治らないってだけで」

と言ったが、しかしその声は無理をしているのが丸わかりの、掠れたしわがれ声だった。

ふう、と大きく息を吐いて、そして汚れた服をまた着込む。

「……だが、色々とわかってきたぞ」

蒼衣は呟いた。

「え？」

「あの爆弾は――誰かの心の中の反映なんだ。イメージが具現化しているんだろう。物理的なパワーじゃなくて、もっとこう――ＭＰＬＳめいた超常的なものだ」

「…………」

綺は、この男の子の頭の中はどうなっているのだろうと思った。どうやら今の激痛に耐えながらの治療の最中、ずっと状況を整理して、推察していたらしい。

「それが君にも及んできたわけだ、カミール」

蒼衣は綺を睨むように見た。

「そして君とずっと接触していたのは――ブリックしかいない」

「え？　で、でも――」

「ああ。しかしそのブリック自体にも危険が及びそうな位置でも平気で爆発しているところを見ると、ブリックによる攻撃でもない。そもそも刺青入りスキンヘッドなんてそいつのイメージとも思えない――」

蒼衣は、綺の横にいるブリックに眼を向けた。その赤い子供は、自分の話題だということを理解しているのかいないのか、相変わらずのぼんやりとした目つきである。

「そいつは〝触媒〟なんだ。僕の能力と同じように、自分ではなく、他人からそいつの心の中に眠っている〝もの〟を引きずりだす――」

〝…………〟

ブリックは自分を睨む蒼衣を見つめ返しているのか、それとも何も見ていないのか、その空っぽな視線からは窺《うかが》い知ることはできない。

「だがどう見ても、それを制御するとか、意識的に起こそうとしている素振りがない。無防備と言うよりも、ただの発作、でたらめな現象にしか思えない。能力の大きさと発動の相関関係が絶たれている。バランスが無茶苦茶すぎる。自動的ですらない――ここは〝牙の痕〟だとか言われているようだが――ここで昔、何かがあったんだろう。こいつはその残滓《ざんし》だ。爆撃された痕に散らばっているレンガの欠片《かけら》みたいなものだ。かつては建物だったり壁だったりしたんだろうが、今では――ただのガラクタだ」

蒼衣はため息をついた。ブリックを見つめる目つきから、鋭さが消えている。

「本来の目的をとうに喪っている――能力だけが無意味に発現しているんだ。焼きついて停まってしまったエンジンに不用意に触って、その残った余熱で火傷しているみたいなものだ、今の僕たちは――」

「じ、じゃあ――あの竜巻も……？」

「あのバスに乗っていた、誰かの心の中の反映だろう。他にも乗客は何人かいたしな――」

蒼衣は、何やら浮かぬ顔である。どうやらバスに乗ったときに上の空で、あまり車内のことに注意を向けていなかったことを今さらながらに後悔しているようだった。

「――しかし、それにしてもなんらかのきっかけがあるはずだ。爆弾が出現するためのスイッチみたいなものが……」

BOUND 5.

彷徨って、求めるものに――

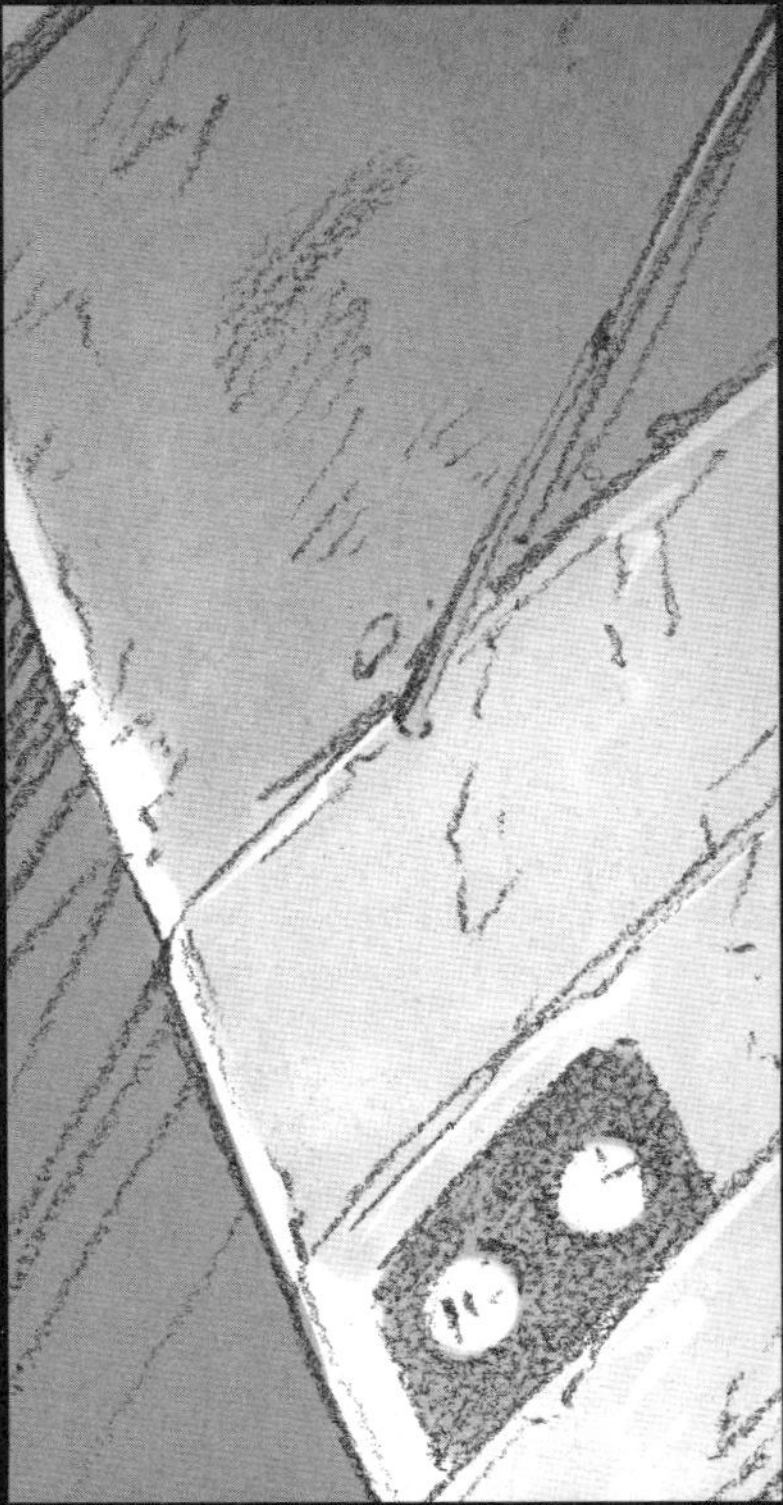

……メビウスは、よく爆弾を組み立てている最中に、自分の心の中にもこの信管のように、火を付けたら炸裂するような起爆剤があるのだろうか、とぼんやりと考えていたものだった。

どうも自分にはそういうものがないような気がしたからだ。何物にも深く心が揺れることがなく、何を見ても平然としている――しかし彼が爆弾を作っている、その極端なまでの集中力を見た者は、口を揃えて、

「おまえのそのエネルギーはどこから出ているんだ」

と質問したものである。何日も眠らず、危険物の化学反応と顔をつきあわせて、ちょっと反応も見逃さないで延々と爆弾を作り続けても平気なその精神は、確かに他の者からしたら不可解で、どんな神経の太さをしているんだと思われるのも無理はないが、しかしメビウス自身は、

「いや――別に」

と、何を訊かれているのかさえ理解できなかった。集中することが苦痛だとか、ストレスが溜まるだろうという疑問そのものが彼にはまるでピンと来ないものだった。それは何故なのか――実のところ誰よりも考えていたのも、彼だった。他の者は結局、メビウスを便利で優秀な、解体不能な爆弾を製作する者としか思っていなかったからだ。

いったい彼の集中力の源泉には何があるのか。

彼が爆弾を作るときにいつでも考えていることは、こうすれば解体される――手の内を見抜かれる、ということばかりであった。だからそうされないような手を打つし、見抜かれても問題にならないような方法を見つけだしたりする。

本心を悟られてはならない――そのことに何の不安も持たなかったからこそ、彼は爆弾職人として優秀だった。誰しも人には自分の心をわかって欲しいと思っているはずなのに、彼にはそういう志向が決定的に欠けていた。

なぜ？

その答えを探すかのように、彼は淡々と、普通の人間ならば一日で神経をすり減らして胃袋に穴を開けてしまうような作業を延々と続けた。そしてその最中で、彼には時折、ふと手が停まる瞬間があった。

疲労と集中の果てに、なにかがふっと脳裡をよぎるのだった。それはひどく遠い癖に、今にも手を伸ばせば届きそうな――そういうものを心の中に感じるのだった。

それと出会うことができるのは、彼にとって爆弾を作っているときだけだったし、それもいつでもというわけにもいかなかった。

そして、いずれにせよ、それは一瞬のこと――摑まえたと思っても、すぐに見失ってしまっていたのだった。

1.

「——なんだ、あれ……？」

山の麓の境目で、一人取り残されている警官は茫然として灰色の山を見上げていた。

霧のような、雲のようなそれが——渦を巻いている。

灰色にむらができて、それが螺旋《らせん》のようにぐるぐるとうねっているのだ。しかし切れ目がないので、どういう風に動いているのかと問われても答えようがない感じでもある。動きの流れの始点を見つけられたと思っても、それは一瞬のことで、すぐに全体の茫漠《ぼうばく》さの中に見失ってしまうのだった。

さっきから何度か応援を呼ぼうとしているのだが、どういうわけかあの雨宮という女が中に入って行ってしまってから、通信が取れない。携帯電話も通じない。近辺の電波が外部に届かなくなっているようなのだ。

「ううう……」

近くにはミイラと化した死体と、赤錆に包まれたパトカーの残骸などもあるし、一刻も早く誰かに来てもらいたいか、この場から去りたいと思っているのだが、与えられた義務から逃げるわけにもいかず、彼は全身から脂汗を流しながら、一人ガタガタ震えていた。

すると――道のまともな方角から、一台のバイクが近づいてくるのが眼に入った。白バイだったらどんなに嬉しかっただろうが、残念ながらそれは一般人の運転するものだった。

彼は反射的に行動に移っていた。乗っていたパトカーから降りて、そのバイクに停まるように指示を出したのだ。

バイクはあっさりと路肩に停まって、そしてヘルメットを取った。まだ若い女だった。

彼は内心の動揺をごまかす意味もあって、

「ここは現在、立入禁止だ。すぐに引き返しなさい」

と強い口調で言った。

「何かあったのか?」

その黒い革のつなぎを着込んだバイク乗りは女の癖に、まるで男のような言い方で訊いてきた。

「現在は調査中だが、霧が濃くて危険なので、すぐに戻りなさい」

「そっちの車の残骸だけど――いつからそこに転がっているんだ?」

と、女は当然のことを訊いてきた。ミイラの死体は女の位置からだと影になって見えないはずだが、それでも彼は訊かれて焦った。知られてはまずいことなのかどうか彼にはわからなかったが、しかし警官としての習性で、一般市民に不安を与えるような言動を反射的に避けていた。

「いいから早く戻りなさい」

せかせかとした口調で言い立ててしまう。女は割とあっさりと、またヘルメットを被って来た道を逆行していった。

女が行ってしまった後で、彼は（あの女に近くの警察署に応援を呼ぶように頼めば良かったかも——）と思ったが、すべては後の祭りだったし、いずれにせよそれにも自信がなかった。

——そしてバイクの女、霧間凪自身もどうすべきなのか考え込んでいた。

バイクはすぐに別のルートに入って、再び灰色の山との境界にまで戻ったが、問題のバスが通っていったはずのコースにそれ以上立ち入るべきなのかどうか、やや迷っていた。

（綺は、やはり中にいるんだろうか——）

彼女は爆発事故という情報からここに駆けつけてきただけなので、綺とは単に連絡が付かないだけで、この件とは無関係という線も凪の立場からすればあり得た。しかし彼女は感覚的にその可能性は低いと思っていた。この件にはおそらく綺が巻き込まれているし、それには彼女の同級生の蒼衣秋良という男も一緒のはずなのだ、と。

（しかし、蒼衣という奴の情報が少ない——過去の補導歴などはないんだが、なにか引っかかる）

それも気になるが、いずれにせよ凪としてはこのまま事態を傍観する気は毛頭ない。

（まず、綺のところに行ければいいんだが――）

凪はオフロード・バイクを道のない灰色の山中へと、直接に突っ込ませていった。

2.

さまよっている。

もはや山を降りるとか、そういう具体的な方向もなく、ただ茂みと藪と土と泥の世界を彷徨《ほうこう》している。

「――はあ、はあ――」

綺の息はもう、だいぶ荒い。

後ろについてきているブリックとは、もう手を繋いでいない。だいぶ前に彼女が転んだとき、一緒につんのめってしまって以来、彼女の腰に紐を縛りつけて、それを握らせている。

蒼衣は相変わらず、前方をどんどん進んでいく。今のコースは彼が選択しているのだが、綺にはその基準がわからない。

（なにかを――探すとか言っていたけど――なんだったっけ――）

頭が疲労のためにくらくらする。うまく物事を考えられない。そして彼女にはわからないことだったが、腕を一度切断されたときに、相当量の血液を失っていたので体力も低下しているのだ。腕はつながったが、血液の補充まではされていないので、彼女には慢性的に貧血状態が続いているのである。

そのために、自分がどうしてここにいて、こんな所を歩いているのか、その前後関係が不明瞭になる。

（ええと——）

綺は以前にも、こんな風になっていたな、と過去のことをぼんやりと思いだしていた。そう、それこそ彼女がまだスプーキーEに操られていて、自分が何のために生きているのか、まったくわからなかった頃のことだ。

（というより——私がなんなのか、ということさえ、何にも考えようとはしていなかった——あの頃）

あの頃のことは、記憶でも曖昧だ。乱暴にされた感触とか、突発的な吐き気とか、殴《なぐ》られた後の口の中の血の味とか、そういう断片的な印象だけがぷかぷか浮いていて、全体を統括する記憶がない。

そう——正樹と会うまでのことは、ほとんど思い出として残っていないのだった。

思い出と呼べるのは、正樹と会ってからのことしかない。

スプーキーEに命令されて、彼を利用したりもした。

彼にはほんとうにひどいこともしてしまった。

許されないだろうと覚悟を決めたこともあった。

それらは彼女にとっては、とてもとてもつらい記憶だ。

(でも——忘れないだろう)

それが薄れることなど、彼女には考えられないことだった。思い出をなくしてしまったら、彼女はまたあの抜け殻のような人生に戻ることだろう。たとえそこにスプーキーEがいようといまいと、それは関係ない。

(——私は)

今の彼女はなにか、と自分に問えば、彼女は〝まわりのみんな〟と答えるだろう。まわりのみんなが、彼女を支えてくれているのだ。自分だけでは空っぽな彼女を、みんなが守ってくれているような——だから、

(だから——今は——)

彼女の脚がまたもつれて、泥に滑り、肩から地面に倒れ込んだ。最初の頃は転ぶときにまだ手をつっぱらかせたりしていたが、何回も転ぶ内に無駄な力を込める余力もなくなっていた。尖《とが》ったものが周囲にあるときは、もう最初から四つん這いになっているので、今こうして転んでも怪我はしない。変なことであるが、転ぶことに慣れてきていて、ひどくよろける前に自ら転んでいるようなところさえあるのだった。

泥が顔に跳ねかかった。

でも彼女は、それを拭おうともせずに、また立ち上がって、歩き出す。蒼衣も最初の頃は手助けしていたが、その内に彼女が勝手に起きるのがわかって、もう一々戻ってきたりはしない。

(今は――私は――)

綺は、忘れないだろう――つらい記憶も、自らの罪も、それが自分に思い出をつくってくれたのだということを。いつか、今の幸せをそのために喪うことになったとしても、それを忘れない――だから、今は……。

「……大丈夫」

彼女は我知らず、ぶつぶつ呟いている。

「……大丈夫だから、正樹――大丈夫……」

(――また言っているな)

彼女の前方を歩いている蒼衣は、綺のその呟きが気になってしょうがない。

貧血からくる眩暈《めまい》がひどいのだろうが、それは蒼衣にはどうすることもできないことなので放っておくしかない。

(しかし――何が大丈夫なんだ?)

言っては何だが、彼女は今、全然大丈夫ではない。大変に危険な状態にある。そしてまかり間違っても、マサキとかいう彼氏が助けに来てくれるような状況でもない。それに言葉も変だ。

マサキが来てくれるから大丈夫、ではなくて、大丈夫だから、マサキ、というのはなんだか変である。文法が乱れている。

(混乱しすぎかもな――)

しかし蒼衣は別に、綺が歩けている以上は体力の限界であるまいと、あまり問い質《ただ》したりもしない。幻覚とお話していようと、彼についてこれるのならば問題ではない。

彼が藪を抜けると、また怪しい影がひとつ、遠くに立っているのが見えた。

(今度は女か――)

この場所に全然合っていない、酒場で働いているような肌の露出した服を着た女がひとり、森の中でぼーっと立っている。蒼衣には全然見覚えがないのは相変わらずだ。

例の爆弾である。いかにも誰かの心の中の印象という感じで、シュールリアリズム絵画のように現実感がまるでない光景だった。

(ランダムに散らばっているのか、法則性があるのか――今は確認しようとしても無駄だな)

もちろん、彼はその爆弾にはもう近寄らない。綺も近寄らせないために、さっさと進行方向を変更する。かまっていてもしょうがない。彼が探しているものはあんなものではない。

今の彼にとって重大なのは、この場所の鍵となる存在を見つけだすことだ。

(そう――必ずあるはずだ。台風の目のように、爆弾の配線のように、この事態のすべてにつながっているポイントが)

彼としては、そのことに今一つ確信を持ち切れないのだが――というのは、自分の眼では直接に確認できなかったからだが――

（くそ――あのときの動揺がいつまでも尾を引いているな――あの変な女子高生の、左右非対称の顔が――）

――とにかく綺が彼に説明してくれたことに基づくと、あのときにバスの中で起きていたこと、バスの外でのことというのはひどく混乱していたようで、その混乱を考えると事態はまだ、途中もいいところということになるはずで――

（なるはずなんだが――しかし、ほんとうにそんなものがあり得るのだろうか）

自分で導いた結論なのに、自分でそれが信じられないので、蒼衣はやや困っているのだった。

だが――蒼衣がひとつの藪を抜けたところで、その疑いが吹っ飛んだ。

彼がずっと何時間も綺を引き連れて探し回っていたその兆しが、ついに現れた。

「おい――気を付けろよ」

後ろで〝大丈夫、大丈夫〟と譫言《うわごと》のように繰り返している綺に、彼はやっと声を掛けた。

「え――」

綺はぼんやりとした顔を上げた。

彼女には、彼が指し示しているものの意味が今一つわからないようだった。

そこには枯葉があった。別に普通の枯葉で、そこには変なところはない。

綺の訝しげな視線に、蒼衣はうなずいてみせて、

「ああ、そうだな。ただの枯葉だ。しかしそれ以外の落ち葉と比べてみろ」

と言った。その枯葉は、他のものがどす黒く腐葉土《ふようど》になりかけているのに対して、妙に乾涸《ひか》らびて、白くなっている。それは葉っぱがただ落ちたというのではなく――

(……あ)

綺は、その枯葉がただの枯葉でないことにやっと気づいた。

(そうだわ――これって、まるでそう、化石――)

あるいは数年を経たドライフラワーのように、あまりにもカラカラに乾涸らびすぎているのだった。

(時間が――)

それは、彼女が目撃したものと一致する特徴だった。

蒼衣がまた歩き出した。しかしその足取りが慎重なものになったので、綺もさほど苦労せずについて行ける。

蒼衣の選ぶ道は、もう迷っている様子がなかった。怪しい枯葉や、そして同じように古びた木や地面を的確に辿っていく。

そして、とうとう綺たちは〝それ〟の前に辿り着いた。

蒼衣は、これを探していたのか——綺は思わず、彼の方を見た。

推測が的中して、せっかく見つけたというのに、蒼衣は少しうんざりしていたような顔をしていた。

彼女たちの前にあるもの——それは完全にひっくり返って、車体の前部が地面に突き立っているような形で朽《く》ち果てている、赤く錆を浮かせたバスだった。

もう何十年も前からそこにあった、というような遺物めいた外観であったが、それは彼女たちが最初にこの山に入るときに乗ってきた、そのバスであるのは間違いなさそうだった。

3.

「——にしても、ここまで劇的に何かが起こるとは正直、思っていませんでした」

辺り一面の木々が、見る影もなく古びてしまっているのを前にして、リミットはイディオティックこと長谷部京輔に話しかけていた。

「確かに、私は蒼衣秋良が何らかの形で〝牙の痕〟に作用してくれることを期待して送り込んだのですが——これは彼のせいだと思いますか？」

「さあな、なんとも言えない——ただ俺が見ていた範囲内では、むしろ他の乗客の方が事態に働きかけていたようにも見えたが」

「すると偶然ですか、この異変は――」

リミットは、その一帯だけが妙に白くなってしまっているカラカラに乾涸らびた森の中を歩きながら呟いた。

「私たちがここに立ち会ったのは――運命とか？」

「その言葉はずいぶんと適当だな」

長谷部はあからさまに不快そうな顔をした。

「そいつはハリウッドの専売特許だしな。俺は使いたくないな」

「またハリウッドですか――あなたは一体、何を知っているんですか？　統和機構から独立特権をもらってまで、何を調べているんです？」

「実のところ、俺自身にもまだ全然訳がわからないというのが正直なところだな」

「〝エコーズ〟だの〝マンティコア〟だのというのは何のことだったんですか？　それのせいで確か、パールも巻き添えで逃げ出さざるを得なくなったとか、なんとか――」

リミットの立ち入った問いかけに、長谷部はやや眉をひそめた。

「ずいぶんと調べているんだな、おまえも」

「すべては断片の域を出ないので、ずいぶんとイラついているんですよ――私は世津子……いやリセットと違って、曖昧なものをそのままにはしておきたくない性格ですから」

彼女は空を見上げながら言った。

「しかし残念ながら、世界のほとんどのことは曖昧なものですから、私はいつだって、どこかでむかむかしているんですよ」

「そいつは大変だな。さぞ疲れるだろう」

「ええ、まったくね——」

リミットは口元に薄い笑いを浮かべた。

「あなたがこうして、私をこっそりとマークしていたこともやっと知ったくらいですから」

「気を悪くしたか？」

「そういうことはありません。ただ——ちょっと悲しいだけです」

「悲しい？ どういう意味でだ」

「私の意志というものは、ほとんどの状況では重要ではないのだということを再認識したんです。私は、子供の頃はずっとベッドに縛りつけられるような生活を送っていましたから——」

「ああ、そうらしいな。しかし世津子ちゃんと一緒だったんだろう。孤独ではなかったんじゃないのか」

「ああ——まあね」

リミットは灰色に包まれた空を見上げたまま、視線を下に落とさないで話し続ける。

「あの子は、いつだって聞き分けが良くて、みんなに好かれていましたしね——私も、ずいぶんと慰められたものでした。あの子がいなかったら、私はきっと生きていられなかったでしょう——あの頃から、でもずいぶんと時間が経ってしまった。二人で過ごした時間は、もう古ぼけた追憶でしかない」

そして彼女は、長谷部に背を向けるようにして、周囲に視線を移す。

「ここでは何が起こっているんでしょうか。時間の流れがおかしくなっているみたいですが」

「そのようだな——もっとも、古びるばかりで新しくなっているものはないみたいだが」

「こういうのをＭＰＬＳの仕業といっていいんでしょうか？　統和機構はこのような混乱から世界を守っているのだと？」

「これがＭＰＬＳの仕業なのかどうかは、なんとも言えない——もっとも、人間的な意志が働いていないとも言えない。なんだか色々と混じっているみたいだな」

「統和機構ですら手を出せないような危険なことを調べるのが、あなたの使命ですか——そして今回は、時間の流れに異常が生じていると？」

さっきからリミットの声は、どこか淡々としていた。質問していながら、それをどうしても教えろというような迫力がなかった。

む、と長谷部がそれに気づいて訝しげな顔になった。

「おまえ……？」

「そういえば、ゾウとネズミでは流れている時間が違うという話もありましたね——どちらも常に食事をし続けていないと餓死する生物であるけど、生まれてから死ぬまでのサイクルがあまりにも違う、って——もしもネズミの上に流れている時間がゾウの上にも流れたとしたら、ゾウはほとんど一瞬で老衰して、たちまち死ぬのでしょうか。あのパトカーのミイラのように」

彼女はひとりで言葉をつなげていき、返事を待たない。

「そう——今、ここで起きていることというのはそういうことではないのですか。そして逆に、我々が蒼衣秋良たちを見失ったのは、彼らの上を流れている時間が、私たちとは決定的に異なってしまったからだ、と考えられるかも知れない」

リミットは、あくまでも長谷部に背を向けている。

「もしも——もしもそんな風に〝時間〟を自由にできるのならば、それは確かに世界を支配するのにふさわしい能力と言えるでしょうね——統和機構が、直接には触れたがらずにあなたを寄越さなければならないほどの、取り扱い注意の、とびきりの危険物——」

その声は、もう長谷部に問いかけようというものではなくなっていた。そしてその穏やかな、あまりにも穏やかすぎる声の質に、長谷部はぎくりとした顔になった。それはある気配を隠しているところからくる、微妙すぎる平穏なのだった。

そう——そのような気配。

たとえば蒼衣秋良が、料理学校に通っている普段の生活ではずっと隠しているような、そういう気配のことを、人はこう呼んでいる——〝殺気〟と。

長谷部は彼女から距離を取ろうとしたようだ。身体がわずかに後ずさったからだ。

だが——そこでがくん、とその身体が停止した。

「——ぐ……？」

「私はあなたに——近寄らない」

リミットは長谷部に背を向けたままだ。

「だがあなたが触れているその空気に、私も触れている——ほとんど無風だから、空気分子が千切れたりはしていない。そして私が触れている物はすべて、我が〝エアー・バッグ〟の影響下にある——」

「——き、貴様——ぎいずうぁむぁ——」

長谷部の声が、なんだか変な風に低く、遅くなっていた。空気に音が伝わるのが鈍くなって、音波が引き伸ばされているのだった。

「あなたにどんな能力があるのか、それは知らないし、確かめるために近寄ったりもしない。間合いに不用意に入ることはしない——ただ、空気《エアー》ごと封じてしまうだけ。鞄《バッグ》に詰め込むみたいにね」

「ぐ、ぐぐぐおお——」

長谷部は身体を必死で動かそうとしているが、全身を包んでいる空気がすべて砂粒に変わって、その砂山の中に埋められてしまったように、まったく動けない。

「実のところ——私はここまでするつもりはなかったのよ。ただちょっとだけ、ちょっかいを出してみただけのつもりだったわ——統和機構に何らかの綻《ほころ》びがあるならば、その端っこぐらいは摑まえておきたいってね。でも——あなたがいたから、私の採るべき道が二つだけになってしまった」

リミットは指を二本立ててみせた。

「ひとつは、もう素直にあきらめてこの場はあなたの言いなりにするということ——統和機構の特例に協力したということで、あるいは私のこの独断専行も大目に見てくれるかも知れないと期待して——でも」

指をひとつ折り曲げて、一本だけにする。

「でも私は、そういう風に待っているばかりの人生にもううんざりしているの。考えられないわ。そう、私の名に倣《なら》って言うならば、もう我慢の〝限界《リミット》〟なのよ。だから——たった今このときから、私は統和機構に属することをやめて、目の前のあなたをとりあえず、排除する——それが私の採るべき道だわ」

ふふっ、という含み笑いの気配が背を向けたままでも伝わってきた。

「だってそうでしょう？　中枢《アクシズ》に特例扱いされているあなたですら把握しきれないようなものならば、これはもう、それだけで統和機構とも渡り合えるような代物なんじゃないかしら？　そしてそれを手に入れられるチャンスが来ているとなれば——見逃すのは愚かというものよ」

「……ぬ、ぬあ――」

声もうまく出せない長谷部が――それでもイディオティックと呼ばれているらしいその能力を発揮しようとしてか、わずかに首を動かそうとした。

その瞬間に、リミットは立てた一本指をついっ、と振った。

それをたとえるのならば、ふたつの磁石のN極とN極を急に近づけたときのようだった。

長谷部の身体が吹っ飛んだ。しかしそれは衝撃波にさらされたとか、爆風を受けたというようなものではなく、音もなく、振動もなく、ただ――彼の周囲の空気ごと、乱暴に放り投げられた。

長谷部は身体が動かなくさせられたその姿勢のまま、山の下へと転落していった。

「…………」

長谷部の姿が彼方に消えてしまった後で、リミットはやっと振り向いた。

「――さて」

彼女は長谷部が立っていたところを見つめた。

そこには何の痕跡もなかった。例えば能力が高熱を発するタイプだったら焦げ痕があるとか、蒼衣のように生体波動を利用するものだったら地面の砂などに波紋が生じているとか、そういったものが残っているはずだったが、それもない。

(――別にピート・ビートの〝鼓動干渉〟のようなリズム音も発していなかったしな――イ

ディオティックはどんな能力を持っていたんだろうか）

　催眠などを掛けられることを危惧して相手の方すら向かなかったわけだが、それが正しかったのかどうか確認するすべは、現時点での彼女からは失われてしまったようだった。

（あいつ、死んだかな？　——まあ、生きていたらどこかでまた会うかも知れないわね——そのときは、あなたなんか問題にならないくらい私が強くなっていて、平気で許せるレベルになっているといいわね——）

　リミットはあっさりと長谷部の痕跡から眼を逸らして、ふたたび蒼衣秋良が消えたと思われる地点の奇妙な足跡に眼を落とした。

（ねじれている——これは何を表しているのか）

　どうもこの事態は、全然別なところで生じている色々なことが、変なところででたらめに顕《あらわ》れているらしい——ということは。

（この奇妙な足跡は、蒼衣秋良と織機綺の二人が〃入って、出てくる〃ということの顕れなのか……？）

BOUND 6.

守るものと、守られるものと――

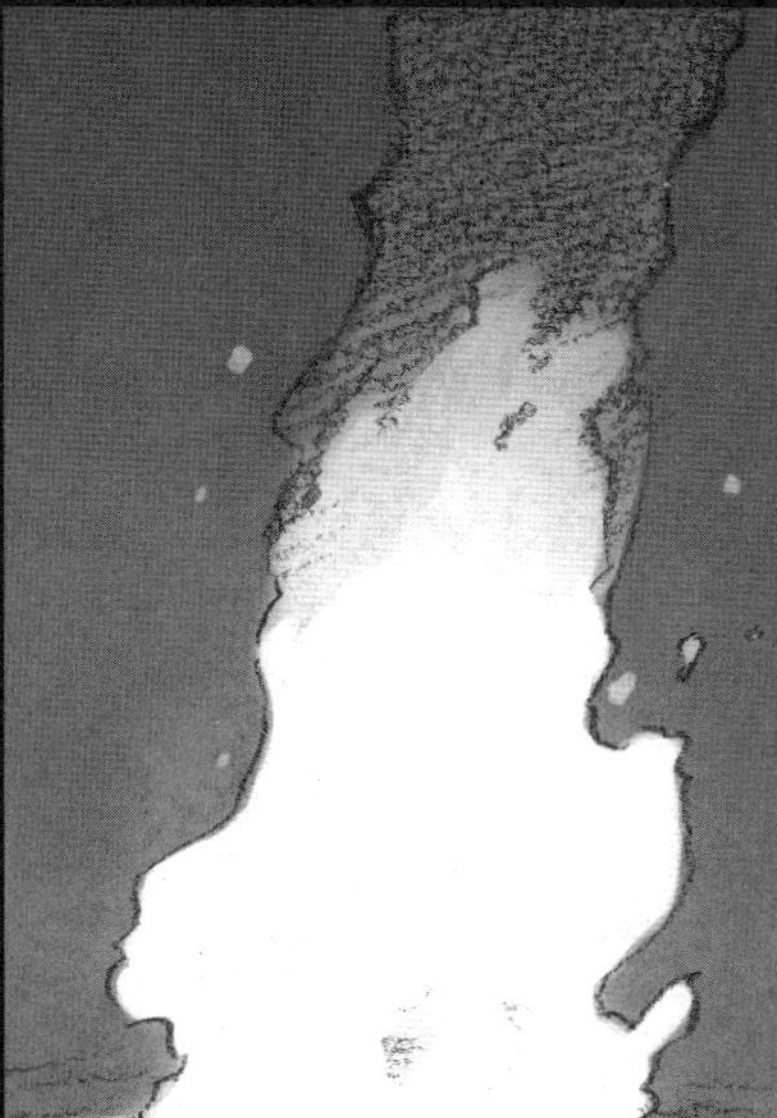

……メビウスは、子供の頃にこの山に迷い込んで、そこでそれを拾ったのだが、そのときに彼はそれ以外のことを全部忘れていた。

〝神隠し〟

その単語が何度も彼の周りの大人たちの間で交わされて、彼に向かって同じことを執拗に繰り返して訊いたのだが、その意味が彼には理解できなかった。

〝もうひとりは——〟

その言葉ばかりが飛び交っていたのだが、メビウスは彼らが何を言っているのかと思っていた。

〝もうひとりは——〟

そうやって呼びかけられる名前は、しかし彼がそれまで自分の名前だと思い込んでいた名と同じだったのだ。そして気がついてみると、周囲の者たちは彼をそれまでの記憶とは違う名で呼んでいるようだった。

鏡を見ても、果たしてそこに映っている顔が前のそれと同じなのか、違っているのか、いまひとつ自信がなかった。

そして前の彼が、山の中で神隠しにあって消えたというのならば、今ここにいる自分というのは一体何なのだろうと思った。なんだかひどい手違いか、適当な辻褄《つじつま》合わせが起こっていて、自分という運命がでたらめになっているような気がした。そう、一枚の細長い紙で輪を作ろうとしたら、表と裏を間違えて張り合わせてしまってメビウスの輪になってしまったかのような、つまらないミス——自分はその産物なのではないか、と。

彼が山から持ち帰った、後にブリックと呼ばれることになるものは、誰にも見つからないように外界から遮断されて瓶の中に大切に保管されていたが、それだけが彼のその疑問——二つに別れてしまったらしいなにものかをつなぐ唯一のものだった。

そして彼は、ずっと大切に持っていたそれを、何かに突き動かされるようにして、十数年ぶりに〝爆心地〟に持って帰ってきたのだが——そこで起こった運命の結末は、ひどく寂しいものに終わることになる。

1.

目の前では、枯れ木を集めて燃やされている焚《た》き火の火が、ぱちぱちとはぜている。

「…………」

その前で、織機綺はどこか居心地悪そうに身をすくませながら座り込んでいる。横には、相変わらずブリックがちょこん、と離れずにいる。

　そして彼女の後ろには、縦になって地面に突き刺さっているバスの残骸がでん、と聳《そび》えるように立っていた。

　そして焚き火をはさんだ向こう側には、蒼衣秋良が寝息を立てていた。横にはならず、膝を抱えてうずくまるような姿勢だが、確かに熟睡しているようだった。

「背中の怪我を治すために少し睡眠が必要だ。何かあったら起こしてくれ——まあ、何も起きないと思うが」

　と言って、この場にこの休息地点をこしらえた直後に寝入ってしまったのだった。

「————」

　綺は、何をしていいのかわからないので、なんとなくぼんやりするしかない。

　彼女の横には、水の汲まれた容器が置かれていた。蒼衣がその辺の木の葉やら蔦《つた》やらを器用に組み上げて作ったものである。見ていたら〝コールド・メディシン〟能力を使って葉っぱと葉っぱを千切ったところで接着していた。中の水は、同じようにして作った容器に近くの石やら砂利やらを目の粗《あら》いものを上にして詰め込んだ簡易濾過器《ろかき》に、そこら中にある泥を入れて取り出したものだ。

「君は失敗作だそうだが、内臓系に先天的欠陥があるか？」

　と蒼衣が訊いてきたので、綺が首を振ると、

「ならこの水を飲んでも腹をこわしたりはしないだろう。人間は物を喰わなくても一週間は活動できるが、水分を摂れないと三日で死ぬからな。それでも不安だったら、バケツを火の側に近づけて、器が燃え出すぎりぎりまで、八十度ぐらいまで熱してから飲め。大抵の微生物や細菌はそのくらいの温度でほぼ死ぬから」

と、てきぱきと説明した。サバイバル術の教官みたいだった。

（——そりゃあ、料理も学校一うまいはずよね）

思わず納得してしまった。この少年にできないことはないって感じである。

で——今は寝てしまっている。

その眠りっぷりも見事で、相当の修羅場《しゆらば》を一人きりで切り抜けてきたのだろうと知れた。

彼女がぼんやりと、少し首をかしげて蒼衣のうつむいた姿を見ていると、いつのまにか横のブリックも同じように首をかしげて同じ姿勢を取っていた。

（——でも、この人って本当は何者なのかしら）

綺は彼の頭を優しく撫《な》でた。

「あなたも——なんなのかしらね……」

蒼衣を起こさないように、小声で呟く。

ブリックの方は綺が彼を見つめると、同じように見つめ返してくるだけで、相変わらずそこには何の感情もない。

でも——綺にはやはり、最初にこの子供を見つけたときから奇妙な共感がある。

この子は、自分を知らないのだ。自分の中に何があるのかわかっていない。それは正樹と出会う前の綺と同じで、あの頃の彼女は自分の中に今のような瑞々しい感情があるとは思ってもいなかった。他人を想って暖かい気持ちになれるなんて、まったく信じられなかったものだ。あの頃の自分の眼と、この子供の眼は似ている——そう感じているのだった。

(でも——蒼衣くんはこの子をどうするつもりなのかしら)

彼女はまた蒼衣に視線を移した。彼の肩が呼吸の度にかすかに揺れ、その様子はとても無防備に見える。

そして——その寝息の合間に、小さな寝言を洩らした。

たった一言で、しかも不明瞭だったが、それは確かに、ぼそりと、

「……ブギーポップ……」

と言った。それを聞いて綺は、思わず腰を浮かしかけた。

(——え……?)

よりによってなんでその名前が出てくるのか、綺にはまったく理解できなかった。彼のあまりにも独特の復讐行為への執着など、綺に想像の及ぶところではない。

だが——蒼衣がますます底の知れない存在であると思い知らされて、綺は解けかけていた緊張をさらに強めることにはなった。

自分が巻き込まれている事態が、ひどく錯綜《さくそう》しているものであるという緊迫が、さらに彼女の上にのしかかってきて、思わず震えだしそうになった。

ぎゅっ、と自分の左手で自分の右肩を摑む。右手はブリックの手を握っている。

そして彼女は、またしても自分では気づいていないが、あの言葉を口の中でぶつぶつと反芻《はんすう》しているのだった。

「——大丈夫、大丈夫だから、正樹……」

（……また言ってやがるな）

蒼衣は無論、今はもう得意の寝たふりをしているだけである。

彼は、さっきの自分の寝言で既に眼を醒ましていたのだ。我ながらうんざりするような神経質ぶりだが、そういう性分なのだからしょうがない。

（しかし、何を言ったんだろうな、僕は——）

寝言なので、自分では何を言ったのかわからない。

綺がすっかり警戒してしまっているところを見ると、ロクでもないことを言ったに違いない。首を斬れば血がすぐに抜けていい、とかなんとか。

まあ、今さら彼が化け物であることを綺に隠してもしょうがないから、どうでもいいのだが。

しかし、綺は果たして彼が眠る前に説明した色々な事態を理解できているのかどうか。あまりにも飛躍が大きく、あまりにも中途半端なのだから。

まず彼は、どうしてこの朽ち果てたバスを探していたのかということから説明した。

「そいつは、君がこのバスが僕たちの乗っていたバスとすれ違ったのを見たからだ。僕は確認しそこねたが」

「え？　どういうこと」

「君が見たのは、こいつだったんだろう？」

「う、うん。こんな感じだった、と思うけど——」

「ということは、こいつはもう一度、僕たちがこの得体の知れない〝牙の痕〟の中に取り込まれたあの時点に、確実に戻るということになる」

「え、ええ？」

綺は眼をぱちぱちとさせて戸惑っている。しかし蒼衣は別にその混乱を鎮めてやろうともせずに説明を続ける。

「僕もよくは知らないが——物体には固有の時間の流れが別個にあるという説があるらしい。そしてこの空間の中では、たしかに時間の進み方が色々なものでバラバラになっている——木がいきなり枯れていたり、バスが古びていたり——そしてたぶん、僕たちがいくら山を降りていっても、いつまで経ってもふもとに着かなかったのも、同じ理由だろう」

「どうして？」

「僕らはおそらく、ふもとそのものにはすぐに到達していたんだろう。ただ——その地点には駅も道も、人里も何もなかっただけだ」

蒼衣は前振りなしで、自分でも自信のないことをはっきり断定した。そうしないと話が進まないからだ。

「——は？」

綺はぽかんとしてしまっている。

「未来なのか過去なのか、そんなことはわからないが、とにかく僕らが来たのとは違う時代だ。時間だけじゃなくて全然別のなにかも違うのかも知れないが、そんなものは僕らにわかるはずもない。とにかく、どう考えても充分すぎる距離を進んでも元の場所に戻れなかったことではっきりしたのは、僕らはそのままだとどこに行ったところで、前にいた世界には帰れないってことだ」

「…………」

綺は唖然としている。何を言われているのか理解できないようだった。当然だろう。言っている蒼衣だって理論の筋道が立っているという自信がないのだから。

「君が見たという〝すれ違ったバス〟だけが、とにかく向こうとこっちとをつなげている唯一の点だ。だからとにかく、山を降りるよりもこいつを見つけるのを優先させたんだ」

「……えーと」

綺は必死で考えようとしているらしいが、何から考えたらいいのかわからず、結局どうでもいいことを訊くしかなかった。

「……蒼衣くんは、その——このバスを見たの？」

「見ていない。しかし僕の認識の中では判断材料がないのだから、君の言葉を信じるしかない。僕らは、どうにかしてこのバスに乗って、僕らがこっちの世界に飛ばされてきたその地点にまた戻らなきゃならないんだ。バスが戻るのはどうやら〝既に起こったこと〟で確実なようだから、問題は僕らがこれに乗っていけるかということになる——そういえば、そのすれ違ったバスにはタイヤって付いていたのか？」

目の前の残骸にはもう、タイヤは付いていなかった。

「み——見えなかったわ。でもかなりの速度ですれ違ったと思うから——え？」

綺は混乱しながら答えたものの、自分が訊かれている内容がわからない。これから起きることを、既に起きたこととして訊かれた訳だが、結果の方が前提より先にあるなんて常識的にあり得ない話である。

「じゃあ、ソリでも履かせる必要があるのかな。下り坂だったから、きっとそれで滑るだろう」

「で、でも——どうやって？」

どうやってバスを元の場所に戻して、そこで前のバスとすれ違うのだろうか？　その方法は？

しかしそこから先は、蒼衣はもう自分の考えを説明せずに、

「まあ、とにかく――少し休むことにしよう」

と言って、ひとりで先に眠ってしまったのであった。別に勿体《もったい》をつけたわけではなく、現に身体を休める必要もあったし、そして何よりも、ただでさえ怯え気味の綺にそれ以上の負担を掛けたらパンクするかも知れないと思ったのだ。彼の考えている脱出方法というのは、どう考えても無茶苦茶なものであったから――。

（しかし、それ以外に現時点での僕らにある素材で可能そうなやり方はないしな……）

蒼衣は寝たふりを続けながら、心の中でため息をついた。

焚き火の向こう側では、綺がかすかに震えながら、ぶつぶつ呟いている。

「……大丈夫だから、正樹――」

同じ言葉ばかり繰り返している。よく飽きないな、とやや悪意を持って蒼衣はその言葉を聞いていた。

だが――ふと、あることに気がついた。

綺はずっと譫言のようにそれを反復しているのだが、そこには一度も――泣き言が混じっていないということに。

助けて、とか、寂しい、とか――そういうことをまったく言わない。

辛くないはずがない。

痛くないはずがない。

優しい彼に会いたいと思っていないはずがない——なのに、

(この女……まさか、ずっと……?)

そう、こいつはずっと、自分のことなど一言も言っていなかったのだ。

彼女が言っているのは、いつも相手のことだった。

その相手とどんな関係なのか、蒼衣は知らない。しかし、電話で今日のことを話しているのは盗み聞きしていたから、それが忙しい二人の、おそらくは現時点での最後の対話であろうと思える。

さよならの一言も、当然のことながらなかった。近いうちに会おうという二人がそんな言葉を交わす必要はない。

だからもし、ここで綺が倒れたら——相手はとんでもなく辛い状況に放り出されるだろう。

何が起こったのかわからないまま、彼女が消えて、そしてそれっきりなのだ。

綺は——それを恐れているのか?

(こいつは——自分よりも、その相手のことを、たった今、危機に陥っている自分自身の現在よりも、半端な立場に置かれるであろう彼氏の未来を、そっちの方をこそ助けるために——それで、耐えているのか……?)

きっと助けに行く。

絶対に、そんな目に遭わせたりはしない。

ここから出て、必ずあなたのところに帰るから、大丈夫——その間に何があっても、そんなものは大丈夫だから——と、そう言っていたのか……？

「…………」

蒼衣は、ふと同じようなことを言っていた人物のことを思い出していた。彼女もまた彼に向かって、必ず守ってあげる、と口癖のように言っていた。

それが叶ったのかどうか、さっさと死んでしまった彼女には確かめるすべはないし、そして残された彼の方も、確かに半端な状態のまま放り出されて、彼女に文句を言うことも、感謝することもできないままでいる。

「……大丈夫、大丈夫——」

綺は、震える身体を必死に押さえつけている。

蒼衣は、急に寝たふりをしているのが馬鹿馬鹿しくなって、眼を開けて勢いよく立ち上がった。

びくっ、と綺が驚いて蒼衣の方を見る。

蒼衣はそんな彼女を、しばらく冷たい目つきで見おろしていたが、ふいにきびすを返して、森の方に向かって一人、歩き出した。

綺が焦って、

「あ、あの——」

と声を掛けても、蒼衣は振り向きもせずに、

「とりあえず、脱出のための仕掛けを準備してくる——君たちはここから動くなよ」

と言って、そしてそのまま足を進めていった。

こんな感情——

こんな気持ちについては、蒼衣はずっと考えることを避けてきた。それは——ひどく苦い感覚だった。それは無念だった。ふいに何もかもが、ひどく悔しくて悔しくてたまらなくなったのだ。

〝そいつを落としたと思っても、どんなに暗い穴の中に捨てたと思っても、君にとっては君の心は底無しではない——いつか、必ずそいつはバウンドして、君の前に戻ってくる〟

頭の中であの声ががんがんと響いていた。その意味もわからないままに、ただ——無性に腹立たしかった。

(うるさいな、まったく——守ってやればいいんだろうが！　くそっ！)

かつての自分ができなかったことが、今頃になって——彼の魂に重くのしかかってきていた

のだった。そしてどうして自分からは、その過去からは、あの出会ったことのある人物を反映した爆弾が出現しないのか。そのこともひどく苛立たしかった。

彼にはもう、当面のやるべき事が見えている。悩んではいない。

それなのに――どういうわけか、道に迷っている迷子のような気分が、どうしても抜けないのだった。

＊

〝……………〟

ブリックは相変わらず何も言わず、ただ綺の手を握りしめて、ぼんやりと座っている。

たった今、蒼衣秋良が二人を置いて森の中に作業をするために向かったことに対しても、なんの反応もない。蒼衣が消えていった方角を無感動な眼でぼんやりと眺めているだけだ。

このブリックとは一体なんなのか、確かにそれ自身も己のことを何も知らなかった。

それがどうやってこの世界に来たのか、その方法については人間の認識の及ぶところではない。

未だに発見されていない相剋渦動励振原理《そうこくかどうれいしんげんり》に基づいた理論を以てしても、それがどこから、どうやってここに来たのか、それを説明するのにはまだ、認識が足りない。あるいはそれを知るためには、人間は自らがなにものなのか、そのすべてを知り尽くし、説明し尽くせるようにならなければならないのかも知れない。魂の意味も、問題も、その何もかもを知らなければならないのではないか――。

そして、ブリックもそれを知らない。それに刻まれていたはずの記録は永遠に、それから喪《うしな》われてしまった。それには何らかの使命があったはずだったが、とうの昔にそれは壊れ、残った破片だけがメビウスという名前のない男に拾われただけだった。

なぜそれが壊れてしまったのか、何がそれに作用したのか、結果それは時間という基準点を喪ってさまよう存在に成り果てたのだが――この〝牙の痕〟にはもう、その答えは残っていない。

〝…………〟

ブリックは織機綺から手を離さない。

それはもしかすると、かつて飛鳥井仁という男がこの織機綺の胸元に視《み》たという〝完全な花〟を、このブリックも視ているからかも知れない。人が、人として生きていることの意味の、その理由を、存在証明を――あるいはこのブリックはその答えを〝ここではないどこか〟に告げるために、この世界に送り込まれてきたのかも知れない――その答えを、あるいはその近似値を、ぎゅっ、と握りしめて――しかしブリックにはそれを報告する手段がもはやないのだった。

〝…………〟

ブリックはずっと無言である。

灰色の空が、辺りを包んでいる。

流れない時間と、流れすぎた時間と、取り返せない時間とが、この空域で渾然《こんぜん》一体となって、充満しているのだった。

ブリックは子供の姿をしている。

綺がはじめてそれを視認したときには、瓶に詰められた胎児で、次が赤ん坊で、それからこの子供の姿になったのだが——その先がない。

彼の成長はそこで停まっていて、その未来は示されないままであった。

2.

（やはり——）

それなりに休息をとった後で、蒼衣秋良は山の中を調べてみた。

（あんまり、まともな奴じゃあないな。この灰色の世界を創《つく》っている奴の心の中は荒廃している。どんな人生を送ってきたんだろうな？）

本人の精神世界を反映しているらしいこの山の中には無数の爆弾が〝立って〟いるわけだが、

その姿が実にバラバラである。チンピラ風の者もいれば、どこかの政府高官らしい偉いさんまでいるし、女もかなりいる。そいつらが全部、触れれば人を殺す爆弾と化してここに現れているのだ。ぼんやりと立ちつくして、誰かが触れるのを待っている。

（そいつはテロリストか何かだったのか？　織機綺のところに現れたあのスプーキーEが、彼女の心のささくれだったところの象徴だったとすれば、この爆弾どもは、事態の中心人物が殺してきたヤツということになるか——しかも、わざわざ爆弾になるということは、爆弾を使っていたか、自分で作っていたか、そんなところだろう——）

爆弾群の位置を頭の中に整理して、なんどか受けた爆発衝撃の規模から、色々と計算した。

（まあ、こんなところか——）

作戦を立て終わると、彼は織機綺とブリックを待たせている、朽ち果てたバスの位置へと戻っていった。

「——あ、お、お帰りなさい」

綺が少しおどおどしながら言ってきたので、蒼衣は苦笑した。

「別にここに住んでるわけじゃないんだから、お帰りはないだろう」

「う、うん、でも……」

と言いかけて、綺は蒼衣が手に何か提げているのを見つけた。

蒼衣はそれを彼女に差し出してきて、

「山芋《やまいも》だ。爆弾じゃなくて、まともなものだ。食えるぞ」

と言った。

「食べ物……？」

「脱出作戦に入る前に、少しでもスタミナをつけておきたいんでな——特に君は、まださっきの出血のショックから抜け切れていないだろう」

「…………」

綺は差し出された山芋の無骨すぎる外見に、少し怯んだ。

「無理をしてでも食え」

蒼衣は彼女の横に座り込んで、適当な鋭い石を拾って軽く火で炙ると、その石で山芋の皮をごりごりと削ぎ落としていった。その動作だけ見ると、調理実習でゴボウの皮を剥いているのとほとんど変わらない。

そして串に刺して、火で少し焼いて、綺に差し出してきた。一応、見た目はかなり食べ物らしくなった。

「言っとくが、塩味がないのでまずいぞ」

「う、うん、ありがとう」

綺はおそるおそるそれを口に運んだ。

確かに、味があんまりしない上に、臭いが結構きついので、決して美味しくはない。

「…………」

もそもそと綺が食べていると、蒼衣はもう一人分を作り始めた。ここで綺は、やっと彼が自分は後回しにしたのだということを知った。

「あ——ご、ごめんなさい」

「君は調理法を知らないだろう」

蒼衣は素っ気ない。

「…………」

綺は、横にいるブリックにも、自分が食べているそれを差し出してみた。しかし彼はただぼんやりと綺を見つめ返すだけだ。

「食べないだろう、そいつは」

蒼衣がきっぱりと言った。

「普通の子供のように食べる必要があるなら、あれだけ山を歩かせた時点で、空腹で倒れているはずだ。なのにケロリとしている。エネルギー補充の方法が僕たちとは違うんだろうよ。それとも最初から、エネルギーは有り余っているのか——」

「う、うん……」

それは綺にも、なんとなく感じられることではあった。この子には飢えた感じがまるでないのだ。

「食ったら、君も少し寝ろ。その間は僕がそいつを見ているから」

「あ、ありがとう」

「別に君のために言っているんじゃない。行動するときに、今までのように転んでばかりだと困るからだよ」

蒼衣は、照れている風でもなく、ただただ冷たい感じである。

（この人は――）

綺は、彼をしみじみと見つめて、そして心の中だけで呟いた。

（冷静に振る舞っているし、自分では充分に容赦なくやっているつもりなんだろうけど、でも――なんだろう……）

非情に徹するための決定的な何かを、この人は実は知らないのではないか――そんな気がした。彼があのブギーポップをどうしたいのかは知らないが、しかし――

（ブギーポップは、きっと――この人のことは全然、問題にもしてくれないでしょうね……）

と、綺は蒼衣本人が聞いたら絶句するようなことを考えていた。

そして、口を開く。

「あの――」

「なんだ、食ったのなら早く寝ろ」

「いえ、私たちって、外の世界とは時間がずれちゃっているんでしょう？　今は、外はどうなっているのかしら——」

「知るか。しかし、今はさておき——うまく行って僕らが帰れたら、それはあの時から全然時間が経っていない頃だ。バスはすれ違っていったんだからな。心配しなくても、マサキとやらのいる以前と同じ時間にしか行けないよ」

「うまく行ったら、なのね——」

綺が不安そうに言うと、蒼衣はふん、と鼻を鳴らした。

「僕には目的があるんだ。悪いが、こんなところでは終われないから無理矢理にでも帰らせてもらうぞ。そして君にもまだまだ利用させてもらうことがあるんだからな」

その言葉に、綺はうつむいていた顔を上げた。

「利用？」

「ああ」

「私なんかに、何か価値があるのかしら？」

綺はほとんど、きょとんとした表情になっていた。

蒼衣は顔をしかめた。

「君は——なんでそんなに——くそ」

文句を言おうとして、しかしそれがうまく言葉にならなかったようで、途中で口をつぐんだ。

そして吐き捨てるように、

「――マサキってのも大変そうだな。君がそんなんじゃ」

と嫌味っぽく呟いた。

綺は、きょとんとした顔のままだ。

「え？」

「いいから寝ろ――そんなにゆっくりできる余裕はないんだから」

「う、うん……」

綺は言われた通りに、素直に枯葉を敷き詰めた寝床の上に横になった。

やはり疲れていたので、あっという間に眠りに就いてしまった。

「…………」

蒼衣は、その綺の寝顔をぼんやりと見つめていた。彼女はくたくたになりすぎているために、その寝顔はお世辞にも可愛《かわい》らしいものではなく、ひたすらにぐったりしている。唇《くちびる》が変な形に歪んでいて、瞼がびくびくっ、と時折ひきつっている。

そういう寝顔は、蒼衣は前にも見たことがある。

（……母ちゃん、よ――）

蒼衣は、綺に向かって死んだ人間のつもりで密かに話しかけた。

（あんたといい、この女といい――なんでそんなに馬鹿だったんだよ）

ため息をついた。そして、綺に寄り添っているブリックが自分を見つめているのに気がついた。

〝…………〟

「ん？　なんだ、僕が彼女に何かするのか、心配なのか？　彼女はおまえのなんだ、ご主人さまか、お姉さまか、それとも母上さまか――愛《いと》しい人、って感じじゃないよな」

ふざけた調子で話しかけてみる。

ブリックは反応せずに、蒼衣をまっすぐに見つめている。

「おまえを、外に連れ出せたとして――その後はどうすればいいんだろうな？」

〝…………〟

「おまえにはしたいこととか、行きたいところなんかはあるのかな？　織機とは一緒にいたいのか？　統和機構はおまえを確保したら、何をさせるつもりなんだろうな――？」

それはずっと、蒼衣の心に引っかかっていた。喉《のど》に刺さった骨のように、不愉快でうっとうしい認識だった。

ブリックが、人間の心から爆弾を出現させるような存在であるならば、こんなものが外の世界に出ていったら世の中はどうなってしまうかわからない――しかし統和機構は、そのブリックよりも遙かに危険な、リミットのような恐るべき合成人間たちをとりあえず飼い慣らしている。しかし――

（そんな風に引き渡していいものなのかどうか――）

それを悩んでいる。だが、それよりもここから脱出する方が優先ではあるので、悩んでいるゆとりがないのも、また事実だった。

「今は、迷っている余裕はないしな――なあ？」

ふざけて、ブリックに同意を求めてみる。

ブリックはそれまでとまったく同じ、無表情の眼差しで蒼衣を見つめ続け、そして――

〃……だイじょうヴ、だカら……〃

……と言った。

蒼衣はぎくりとして、ブリックを見つめ直した。

赤い色の子供は、蒼衣を見つめ返している。今、自分が発したのが言葉なのか、ただの音声なのか理解しているのかいないのか、まったくわからない。

（……織機がずっと言っていた言葉を、ただ反芻《はんすう》しただけなのか？　それとも――）

まるで――これから彼らがやろうとしていることを〃大丈夫だ〃と保証してくれたみたいな、そんなタイミングだった。

「……いずれにしても、やるしかないってことか？」

蒼衣はまた、ため息をひとつついた。

こいつが何らかの形で時間を超越した存在であるならば、あるいはこいつは未来と過去を、同時に感知しているのかも知れない。

既に起こってしまったことと、これから起こることと、そして——決して起きることのないことを、すべて知っているのかも知れない……。


「……う、うーん……」

綺が眼を醒ましたとき、蒼衣はもう立ち上がって、なにやら準備を始めていた。

植物のツタや石ころなどを組み合わせて、振り回せるようにして遠くに投げやすくした物を準備していた。

「あ、あの——」

声を掛けると、蒼衣はもう彼女が起きていることはわかっていたらしく、顔を上げもせずに、

「いいか——君とブリックは、そのひっくり返ってるバスの中で、何かにしっかり摑まっていろ」

と命令した。見ると、既にバスの底面には木を切って作ったソリ状の物がセットされている。

「——何をするつもりなの?」

と訊くと、蒼衣は、

「あの竜巻を使わせてもらうんだよ」

と静かに答えた。

3.

……灰色に覆われた空の下、霧間凪の乗ったバイクは山道を駆け登っていく。

（この灰色は——なんの境界なんだ……？）

凪は、自分がこの不思議な世界の中で何か異常を感じないかと、感受性を鋭くすることを試みていたが、特になんの異変もないようにしか思えなかった。単に、空に明瞭な色がないだけだ。なぜ色がないのか——。

（なんだか、夜と昼をごちゃ混ぜにしたみたいな色だな）

たとえば、ずっと空を撮影しているカメラで何日も何週間も何ヶ月も撮り続けた映像を、何千倍というものすごい早回しで再生したら、朝焼けも夕焼けも雲も太陽の光も夜の闇も、何もかもが重なって、ちょうどこんなような色になるのではないか——そう思った。

そして——凪はその全開で走らせていたバイクを、急制動を掛けて停めた。

彼女の眼に、奇怪なものが飛び込んできたからである。カーブを切ったその向こう側の森に——ひとつの人影が、逆様になって木の枝に串刺しになっていたのだ。

彼女は急いでそこに駆け寄った。

見ればそれは、二十代後半から三十代前半と思しき、スーツ姿の痩せた男だった。状況から見て、どうやら遙か上の方から下に落ちてきたようであった。

一目見て、凪は異常に気づいた。

その男は胸から腹部に掛けて、完全に尖った木に貫通されているにも関わらず——その傷口からは血が一滴も流れていなかったのだ。

多少乱暴ではあったが、凪は男を貫いている木に向かってバイクを突っ込ませて、それをへし折った。木はめりめりと倒れていき、男は刺さった姿勢のまま、地面にゆっくりと降りた。

「——おい」

凪は男の身体から木をすぐに引き抜くべきかどうか考えながら、話しかけてみた。

「生きているか？　意識はあるのか」

男の手を取る。しかしそこには脈がない。

死んでいるのか、と彼女が思ったとき、その男——リミットに吹っ飛ばされてきた長谷部京輔が眼をかっ、と開いた。

「————」

その眼がはっきりとした意志を持って動き、凪を見た。

信じられないような眼で、凪を見ていた。

しかし信じられないのは凪の方である。改めて男の、今度は首に触ってみたが、やはり脈はない。死体としか思えない。だが顔色は悪くなく、表情もしっかりしている。

死体なのに、生きているかのように動いている——としか思えなかった。

「き、君は——」

長谷部は、そんな凪の不審などお構いなしで、自分の驚きばかりを表している。

「き、君は——誰だ？　まさか……」

一方的に言われて、腕を摑まれた。その力には紛れもない生気が籠もっているのに、びっくりするくらいに冷たい。凪は理解に苦しんだ。異常な事件に何度も遭遇して慣れっこのはずの〝炎の魔女〟でも、これにはさすがに戸惑いを禁じ得ない。

「それはこっちの科白《せりふ》だよ——あんた、死んでるのに、何で生きているんだ」

言葉が矛盾しているが、そうとしか言いようがない。あまりにも相手の動作が自然なので、不気味さを感じている余裕さえないほどだ。

「私やハリウッドは、その生命はとっくの昔に停まっている——そんなことは大したことじゃない……問題は君だ」

長谷部の声は心底、動揺しきっていた。

「ハリウッド？」

妙な単語が出てきたので、凪は眉をひそめた。それは映画の都のことでないのならば、たしか意味は〝柊《ひいらぎ》の木〟ということだったはずである。

「君の、その顔は……君はまさか——」

長谷部はまじまじと凪の顔を、その瞳を覗き込むように凝視する。そして切羽詰まった口調で、

「わ、私は長谷部という者だが——この名前に聞き覚えはないか?」

言われて、凪の顔に明らかな警戒が浮かんだ。なんでこいつが、その名前を急に言いだしたのか、彼女は推し量りかねた。

ばっ、と後ずさって、長谷部から距離をとる。

長谷部は腹に木を刺したまま、よたよたと身を起こした。凪はそんな隙だらけの彼に油断のない視線を据えている。

「あんた——何でその名前を知っている?」

その問いかけに、長谷部は納得したようにうなずいた。

「やはりそうか——君は、長谷部鏡子《きょうこ》の娘なんだな?」

それは、かつて作家霧間誠一《せいいち》と結婚していた女性の名で、凪の実の母親の旧名なのだった。再婚して、今は谷口鏡子である。

「あんたは——何者だ?」

凪は、母から彼女の親類についての話など一度も聞いたことがない。もっと正確に言うなら

ば、母の過去についても、実はよく知らない――。

「私は――そう、ひどく唐突《とうとつ》に聞こえるかも知れないが、君と私は叔父と姪《めい》のようなものだ」

「母さんに兄弟がいるなんて話は知らないね」

「ああ――それはそうだ。彼女は私など、とっくの昔に死んだと思っているはずだからな。なにしろ別れてから、もう――五百年も経っているのだから。もっとも彼女にとっては二十数年しか経っていないかも知れないが」

長谷部は正気とは思えないことを口走った。

「……なんだって？」

「私の本当の名前は、長谷部桔梗之衛門《ききょうのえもん》京輔という――かつて〝オキシジェン〟という能力を持つ男と、世界を支配する後継者の座を競って、破れた男だ」

長谷部は、自分の胸に刺さっている木の枝を、自分で引き抜いた。血は一滴も流れ出ず、その断面はなんだか黒っぽくてぼろぼろと崩れている。肉体のすべてが、生命ではない別のものに置き換えられているようだった。

「その敗残者の私が、よりによってこの〝他の世界から隔絶された場所〟で君と出会うことになるとは――オキシジェンの言うように、やはりこの世にはそれぞれをつなぐ〝運命の糸〟があるようだな。私ではなく――君にとっての運命が」

「なんのことだ？　何を言っている？」

凪が鋭い眼つきで長谷部を睨みつけると、このイディオティックは、ふふっ、とかすかに笑って、

「やはりそうだ——その眼だ」

と言った。

「君が母親から、どれだけのものを引き継いだのかは知らないが、しかし紛れもなく君は——」

首をかすかに左右に振って、囁くように言う。

「君は——決して後戻りできない道に、既に入り込んでしまっていることを、ここで告げておかねばなるまい。そう〝運命の糸〟が世界中に張り巡らされているならば、既にあらゆる〝糸〟が切れてしまっているが故にこの〝牙の痕〟を調べている私は、遮断された空域であるここでしか、君とは出会えなかっただろうからな——」

長谷部がそう言った、次の瞬間だった。

山全体に、びりびりと芯《しん》から震えるような衝撃が走った。

「——?!」

凪が周囲に視線を巡らせると、あからさまな異変が生じ始めていた。

灰色だった空が、その色が、ぐねぐねと分裂するように蠢きだしていた。

「な——」

凪が絶句すると、長谷部が静かな口調で、

「そろそろ、ここの結界も破れるようだ。ここと重なっているが、ここではないどこかで——蒼衣秋良と織機綺が、何かを始めたのだろう。もう、あまり時間はない——君の未来のために警告しておかねばならないことを、急いで説明しよう」

「なに……？」

凪は、あくまでも真摯《しんし》な長谷部京輔——イディオティックに視線を戻した。

4．

蒼衣が、この〝牙の痕〟で特におかしなものと感じていたものは二つあった。ひとつはこの灰色の世界そのものであり、そしてもうひとつが、あの発光する竜巻である。

（このふたつが、特に突出している——）

その印象がある。個人の暗い記憶から作られる爆弾というのは、これに比べたらまだ、原理は不明でも出自がはっきりしている。だがあの竜巻は——

（まったく得体が知れない——超越している感じがする。ならば裏を返せば、あれがこの灰色世界の軸になっているんじゃないのか）

そう、それは蒼衣も見た——通過していったもうひとつのバスというのは黙認できなかったが、そのすぐ後で、まだ爆弾だのなんだのが出る前から、この竜巻が現れて、そしてまず燃えていたバスを吹き飛ばしてしまったことを。

（まず、バスに接近したんだ——そしてその後で、まるで目標を失ったみたいにふらふらと動いて、結果として僕らから離れていった——）

その後も、爆発が生じたときにその場に誘われるようにしてやってきたこともあったが、蒼衣たちそのものには興味がないようで、そのままたふらふらと行ってしまった。

（これまで明確に目標として反応したのは、あのバスだけだった——ということは、あのバスならば、あの竜巻はまた近くに来たら吹っ飛ばすんじゃないのか——何でバスに反応するのかはわからないが、とにかく、織機から聞いた話と、僕の見た光景からはその可能性が極めて高い——そしてバスがあれに触れたときに、僕らはこの奇怪千万な、いつとも知れない世界に来てしまった以上、逆をつく以外に脱出のための有効策はない）

と決めて、彼はバスの周囲に散らばっている人間爆弾たちを、遠くから物を投げつけて爆発させ始めた。

まずはバスから比較的離れたところからである。

老若男女の人々の姿をした爆弾たちが、次々と炸裂していく。

四つを破裂させたところで、やっと彼方から例の〝おおう……〟という唸《うな》る音響が響いてきた。

そして稲光《いなびかり》に彩られた巨大な螺旋《らせん》が、蒼井のいる方に近づいてきた。

「——来たな……！」

蒼井は移動を開始した。

バスに向かっていきながら、さらに前もって確認してある爆弾どもを発火させていく。

竜巻は、その度に逸れそうになるコースを修正されて、蒼井の後を追っていくような形にさせられている。

蒼井は走っていく。

その後を竜巻が辿るようについてくる。

ある程度まで接近すれば、もう爆弾を炸裂させる必要はない。

朽ち果てたバスが——森の隙間から蒼井の眼に小さな点として映った。

そう、彼が見える位置まで来れば、もうあの巨大な竜巻がバスという目標点に対して、直接に反応して、そっちに向かい始めるからである……！

「——蒼衣くん！」

綺が、バスの窓から身を乗り出して、こっちに呼びかけてくる。彼女からも、竜巻が近づいてくるのが見えるのだ。

そしてその速度の方が、蒼衣が走るよりもわずかに速いということも——

「顔を出すな！　もう、何かに掴まって身を縮めていろ！」

蒼衣は走りながら怒鳴った。

竜巻はもう、蒼衣の道程とはわずかにコースがずれていて、斜め後ろから迫っていくような形になっている——今にも追い抜かれそうである。間に合わないかも知れない——その意識が頭をかすめる。綺は元の世界に送り返せても、自分は無理かも——と。

必死で走りながら、蒼衣はちら——と自分のこれまでの人生のことを思い出し始めていた。

……と言っても、ほとんど何もないに等しい。

出会って、深く関わった人間と言えば母親とリミットと、この織機綺と、そして——たった一度の、わずかな邂逅《かいこう》の——

（来生真希子——）

あの、実は殺人鬼だったという女医——

どうして自分は、あの女のことがあそこまで気になって、彼女を殺したブギーポップを見つけだそうと躍起《やっき》になっているのか？

あのとき、この世に何の希望も持てない、ひとりぼっちの怪物だった蒼衣は、彼女の中に何を見ていたのか？

彼女も怪物だった——ということは後になって知った。統和機構ですら乗っ取れそうなところまで来ていたということをリミットに教えてもらった。彼女も自分と同様の怪物だったから惹かれたのかとも思ったが、それだけでは何かが足りない気がした。同類ということに共感の元を求めるだけでは、彼の心に焼きついているものを説明しきれない、と……第一、歴然と彼女と自分は違うとも思う。彼女に対して蒼衣が感じたのは、まず違和感だったのだから。

何が引っかかっていたのだろうか？

彼女に迷いはなかった。

自分は迷ってばかりであったし、今でも迷っている。

彼女はなんでもかんでも殺そうとしていたが、自分は殺せると思うだけでもう、どこかでうんざりして殺さなくてもよくなってしまう。

彼女は何も守らなくていいと思っていて、自分は——

（——守る、か……）

蒼衣は、全力疾走しながらバスの窓にまだへばりついている綺をちらりと見た。

あの女は、彼氏を守ろうとし、ブリックを助けようとし、そして今は蒼衣のことを案じているが——自分だけは守るつもりがほとんどない。

そして蒼衣は、彼は——今まで、誰一人として守れたという気がしない。

来生真希子は——しかし、今にして思えば、どうして彼を殺さなかったのだろうか？

フィア・グールという名を持っていた彼女の能力がどんなものだったかは知らないが、少なくとも蒼衣のコールド・メディシンよりは強力なものだったろう。あのときの彼女の様子から見て、彼女が蒼衣の本性を見抜いていたのは間違いない。見透かされたという感覚だけは、これは明瞭なものとしてある。

それなのに、敵になるかも知れなかったのに、どうして彼女は蒼衣を——その、

（どうして見逃したのか……？）

復讐を遂げてやろうという相手に対して使う言葉ではないが、それはこれまで蒼衣がずっと考えてきたことであった。

彼に、なにか彼女が救いの手を差し伸べるような理由があったのか？　世界のすべてを殺そうとすらしていた女にそんなものがあるのか？

それを知りたかった——それがどんな気まぐれで、どんな適当なものであっても、自分が歴然と、死ぬはずのところで死ななかったという、その守られた理由が——。

（自分が、どうして——）

とうとう、蒼衣は竜巻に並ばれた。今にも追い抜かれる。

「——蒼衣くん！」

綺が、バスから飛び出してこようとしていた。馬鹿が、と蒼衣は思った。何のためにこんな手間を掛けていると思っているのか——君だけでも帰さなきゃならないからだろうが——それに、

（それに、まだ君だけでもなく、僕にだって——充分に目があるんだよ）

綺に向かって、彼は自信たっぷりにウインクしてみせた。その不敵な態度に一瞬、綺がきょとんとしたそのとき、蒼衣はその疾走するコースを変えて——自ら竜巻の中に飛び込んだ。

綺が悲鳴を上げる暇もなかった。

その次の瞬間には、竜巻のその激しく巻いている渦の表面に弾かれて、蒼衣が外に飛び出してきて——綺が正に飛び出そうとしていたその窓の中に吹っ飛ばされてきた。競争相手だった竜巻そのものの威力を、自らの加速に利用したのだった。

蒼衣と綺は、絡み合うようにしてバスの中に転がり込んだ。

「……あ、蒼衣くん——」

綺が何か言いかけたが、蒼衣はそんなもののことは無視して、叫んだ。

「掴まれ——バスごと飛ばされるぞ！」

＊

木の葉のように——。

その形容がまさにぴったりだった。

くるくるくる、と風に乗って、老朽化したバスはあっという間に空高く舞い上げられていた。

舌を噛まないように、と事前に言われていた綺は、必死でバスのかつては椅子の骨組みだった鉄柱にしがみついていた。胸の中でブリックが、ぼんやりとした顔のままで彼女を見つめている。彼には自分たちが飛ばされていることも関係ないようだった。

その二人を蒼衣がさらに押さえつけるようにして固定している。彼は両手だけでなく足の指でも鉄柱に摑まっている。錆びて脆くなりすぎていないことだけを彼は案じていた。

綺は蒼衣のサポートに気づく余裕もなく、懸命にブリックを抱えている。

「…………んんん、ん……！」

あまりにも振り回され、あまりにもがくがくと揺すぶられるので、どうしても口が開きそうになる。奥歯を必死で嚙みしめる。

〝…………〟

そんな彼女を、ブリックはガラス玉のような眼で見つめ続けている。

綺も、彼の視線に気づいた。しかし頭が揺れているので、彼女の方の視線はそうそう一定にはできず、視界の中で赤い子供の顔が右に左にその姿が激しく移動している。

（君は――怖くないの、ね――）

綺は心の中で、ブリックに話しかけた。

彼女も、このブリックがこの後どういう運命を辿ることになるのか心配であった。蒼衣のように危険物を世に放つことになるから、ということではなく――この子はどこに行けば、どういう者と出会えれば、かつての希望のなかった彼女が救われたようなことになれるのか、まったく見当がつかないからだった。しかしそうなって欲しかった。この子がどこから来たのかは知らないが、もうどこにも行くところがないことは、それだけは明らかだったからだ。

（君は——怖いということがどういうことなのかも、きっとわからないのでしょう——昔の私みたいに、何にも触れなければ、怖いことなんか何にもないんだから——でも）

綺は、彼の身体を抱える腕にさらに力を込めた。

（でも——君もきっと、何かと出会うためにこの世界に来たんだと思うから、君も——）

激しい振動と衝撃に身体を揺さぶられ続けて、頭がうまく回らない。

そんな彼女は、それでもブリックが自分を見つめている、その視線だけは感じ続けている。

〝………………〟

ブリックは、歯を食いしばっている綺の頬に、その小さな手をそっと近づけた。

そして——その唇がかすかに開いて、そして言った——

〝……そうだね、メビウス……〟

それはまるで古いテープレコーダーに録音されていた音を無理矢理に再生したように、ノイズが混じった奇怪な声だった。そしてどう聞いても、目の前の綺に対して言った言葉でもなかった。

それは、十数年前にこの山で発せられた声の反復だった——わずかに残っていたものが綺の腕の圧力で絞り出されたかのようだった。

「――え……」

綺はつい、ぽかん、と口を開けてしまい……次の瞬間に口の中の皮を自分の歯で切ってしまっていた。血の味がたちまち広がった。

そして彼女の背中を押さえている蒼衣が、窓の外の景色を見て、こっちは充分に揺れを見定めた上で口を開いて、怒鳴った。

「そろそろだ――バスのルートがあった地形に、戻ってきたぞ……！」

（……え？）

言われても、綺には窓の外を見ている余裕はない。

だが、ふいにがくん、とバス全体が急に激しく振動したかと思うと――急に揺れが停まる。

そして――ちら、と見えた。灰色の空が。

バスが、竜巻から放り出されて――宙を舞っていた。

そのまま大地に向かって水平に近い角度で着陸するように突っ込んでいく。

がくん、と地面に触れて、下から突き上げられる衝撃が伝わってきた。ごんごんごん、とバスは山の木々をなぎ倒しながら慣性に従ってそのまま突進する――停まれない。

ぼっ、と突然に木々の群れから飛び出したバスは――下り坂になっている地面に落ちて、滑り落ちていく。

それは――歴然と舗装された道路の上でなければあり得ないなめらかさだった。

（竜巻に巻き込まれている間に——時間が——また変わっていたようだな……！）

蒼衣は、予測の範囲内とは言え、その事実をどういう風に解釈していいのかわからなかった。竜巻の中では様々なものが荒れ狂っているのだ、と考えるしかない。

そして——ついにそれが見えた。

滑り落ちていくその方向の先に、彼らがこの山に入っていったバスが走って、まっすぐにこっちに来るところだった。蒼衣はそれを前には見なかったので、同じバスがすれ違うという光景をやっと目撃した。綺は二度目か——と彼が彼女に視線をちらと移すと、彼女はバスの方など見ていなかった。

「あ、ああ——！」

彼女は切ない悲鳴を上げていた。

彼女の腕の中のブリックに、異変が生じていた。

その身体がどんどん小さくなっていく——最初に現れたときにはいつのまにか大きくなっていった身体が、今度は逆に、縮んで赤ん坊に戻っていく——。

「ああ……ど、どうして……?!」

綺はその身体を支えようとするが、その度に手の中で赤い子供は縮んでいく——。

「——！」

蒼衣もその異変に目を取られたが、すぐにまた顔を上げる。二つの同じバス、しかし決定的にお互いがずれている二つの存在が、道路の上で交差し、そして過ぎ去っていく。

そのとき、蒼衣はちらとそのバスから確かにこっちをまっすぐに見つめている男と眼が合った。蒼衣はその男をはじめてまともに見た。

黒いアタッシュケースを下げて、この山にやってきていた不審な男——そう、メビウスと呼ばれていたその男を。

（こいつ——か……？）

蒼衣は瞬時に理解した。その男の眼つきに爆弾製造者の匂いを感じていた。だが同時に、蒼衣は感じていた——。

（しかしこいつは、たぶん——）

ここで——死ぬ。

それを悟った。男の顔には、もはや自らの運命を見極めた者の冷ややかな死相が浮いていたのである。

（で、では——それじゃあ——）

蒼衣は自らの計算に誤りがあったことを、ここで悟った。

そして、バスは——そのまま道路の窪みに向かって滑り落ち、その底で遂に、横転しながら停まった。

蒼衣は必死で綺の身体を支えたが、綺はもう、自分のことをまったく支えようとしていない。

彼女の腕の中で、もはや赤子を通り越して胎児の大きさにまで縮んでしまったブリックが、とうとう——空間に溶け込むようにして、姿を消してしまった。

「——そ、そんな……！」

愕然となった綺の身体から力が抜けた。そのあまりの頼りなさに、蒼衣が支えるのにも限界があった。

「……ぐっ——！」

蒼衣の腕から綺はするりと抜け落ちるようにして、横転するバスの中で投げ出されて、そして頭から下に落ちた。

「く、くそっ！」

蒼衣はあわてて態勢を立て直し、綺を引きずりだした。彼女は気絶していた。

バスからなんとか脱出して、坂の上の方を見る。

何かが飛んでくるのが見えた。それは彼には知る由もなかったが、バスの中にいたメビウスが投げ捨てたもの——彼が封じて大切に保存していたもので、まだこの時点でそれはブリックとは呼ばれていない——その意味が蒼衣にはわかった。バスが何かと通過した直後、坂の下の方からは、すぐに——。

（ま、まずい——！）

蒼衣は綺を抱きかかえて、その場から跳んで、とにかく逃げた。

間一髪だった。

その赤いものと、朽ち果てたバスが接触したその瞬間に、その場一帯は凄まじい爆発に包まれた。

BOUND 7.

死神が、糸を切るとき——

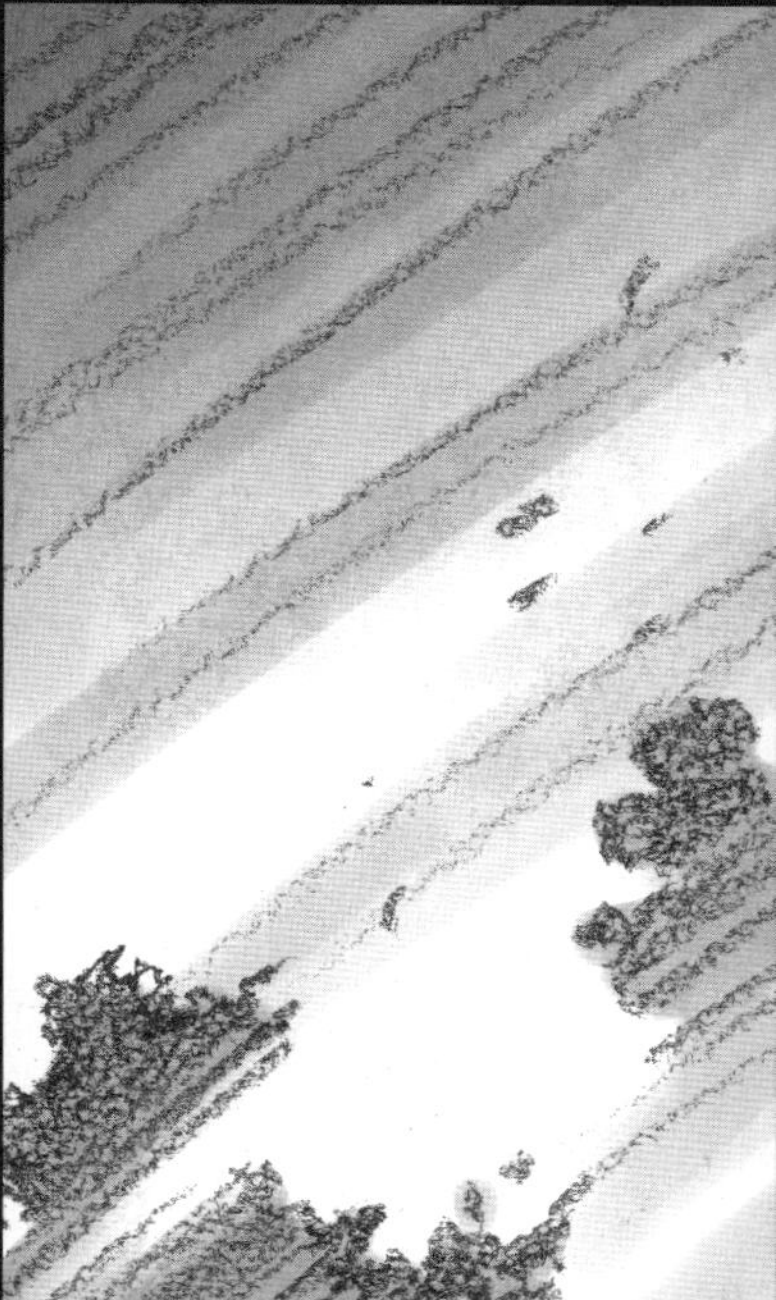

メビウスは、その瞬間にすべてを思い出していた。

すれ違った、もう一台の同じバスの中にいた少年と少女と、その腕の中の子供を見て、理解していた。

その子供が赤い理由を、彼は知っていた。それは人間が、超高熱に晒《さら》されて一瞬で炭化して、その炭が赤く燃えているときの、その色なのだった。

なぜ彼がそんなもののことを知っているのか？

それは——

（ああ——そうだった——僕は、僕らは——）

山の中に二人の子供が入っていって、しかし戻ってきたのは一人で、しかしその一人は二人だったことをまったく覚えていなくて……それは当然だった。

何故ならば、山に入っていって、空が何かが降りてくるのを目撃した二人の少年は、その時点で二人とも、その際に死んでいたからである。

生き残った少年などは、最初からいなかったのだ。

その少年たちが、その身体が超高熱で瞬時に炭化し、燃え尽きて気化するその過程で、一瞬だけ全身が真っ赤に染まったように見えた――そのとき熱源に対して背中を向けていた方が、もう一方を目撃したときの姿が、あの赤い子供の姿だったのだ。

そしてそこで――空から降りてきたなにかは、少年たちの心と体をまぜこぜにしたものを新しく作ったのである。

それがメビウスだったのだ。

彼に名前がないように自分で感じていたのも無理はなかった。

彼など、本来ならばこの世のどこにも存在していなかったのだから。

そして彼は、どうして自分が赤いものを大切に持ち歩いていたのか、その理由も知った。それはその小さな物体こそが〝本体〟であり、彼などはそれに付随するだけの存在に過ぎなかったから、であった。

彼は――その小さな物体にずっと何らかの〝情報〟を送り続けるだけの装置であり、その赤いものはその情報をどんどん記録していって、最終的には空の向こう側の〝どこか〟に報告するのが使命だったのであろう。

だが――それにしては、最初からそこにはズレがありすぎた。

彼はあまりにも野放しにされすぎていたし、その〝本体〟の方も全然まともに活動せずにただ封じられていただけだった。それが天から降りてきたときに、なにか致命的な損傷が生じてしまった――それ故の混乱、そうとしか思えない状況だった。

——四つのうち、ひとつは回収できたものの、例のマンティコア・ショックの際に失われ、もうひとつは〝目撃したのに、誰にも認識できなかった〟ということで取り逃がし——

その天から降りてきた者たちは、そのことごとくが何らかの損傷を負って、正確な使命の遂行が不可能になってしまっていたのかも知れない——だが、それは何故に?

その答えは、当のメビウスには到底知ることのできないことである。

爆心地に実際にいて吹き飛ばされた者は、何が自分を破壊したのかを決して知ることはできないのだから。

(ああ——そうか、そうだったのか——)

彼は、何が自分を突き動かして、何が自分をこんなところに導いていったのか、その理由を今、やっと知った。

どこにもいられないような気分にずっとつきまとわれて、触れるものはすべて粉々になってしまうような人生の意味を、遂に悟った。

何の意味もなかった。

それは単なる間違いであり、ガラクタであり、手違いだった。最初の最初からつまづいていた虚しい試みだった。

それがわかった瞬間、メビウスはひどく清々しい気分になった。心が軽くなり、口笛でも吹きたいくらいだった。しかし彼は口笛は吹けないので、代わりにそれまでずっと後生大事《ごしょう》に持っていた赤いものを、その封を解いて、バスの窓から外に投げ捨てた。それが天からこの世界にやってきたその地点——〝牙の痕〟の真ん中に戻してやった。

そのことの意味も、彼にはもうわかっている。

彼は単なる付属物であり〝本体〟から離れたらもはやその独立性はなくなる。彼は——ただの抜け殻となって、ぼんやりと何も考えていないような顔になって立ちつくし、そして自らも爆弾としての性質を取り戻して——がくん、とバスが揺れて、立っていた彼が床に直立不動のまま倒れ込んだのと同時に、その身体は粉々に吹っ飛んでいた。

意識などないはずの彼は、しかし最後になんとも言い様のない顔をしていた。その顔についての説明を試みるならば、それはこんな話になるのかも知れない。

そのひどく遠いどこかで、彼は子供に戻っていた。

「やあ、メビウス」

その目の前には、もう一人の子供がいる。一緒に山に入った子供だ。

「やあ、ひさしぶり」

「うん。そうだね、メビウス」

「君は一体、どうしていたんだい?」

メビウスが聞くと、子供は、

「君こそ、どうしていたんだい」

と訊き返してきた。

「なんだかずいぶんと、迷子になっていたみたいだ」

「へえ、そいつは大変だったね」

「うん、まったく大変だった。ぐったりしちゃったよ」

「こっちはずっと待っていたよ」

「僕が来るのを?」

「君が来るのを」

その子供はメビウスに向かってうなずいてみせた。

「でも僕はどこにも行けないと思うな。だって何にもできなかったんだから」

「別にそんなことは大したことじゃないよ。君が外で何をしていたのかなんて、これから行くところには関係ないんだから」

「でも僕が迷っていたことはどうなるんだい」

「そんなものはここに捨てていけばいいさ」

「捨てていったら、後でそのゴミで迷惑する人もいるんじゃないのかな」

「それはその人たちに任せよう。持て余すのか、無視して放ったらかしにしておくか、あるいは役に立ててくれるかも知れないよ。だから君はもう自由だ。一緒に行こう」

「うーん、でもちょっと怖いな」

「怖がる理由が何かあるのかい」

訊かれて、メビウスはちょっと考えて、そして笑っているような泣いているような、どっちつかずの顔になった。そんなものはなかった。どうせ戻るところも行きたいところも彼には何もないのだから。

それは特に絶望しているわけでもなく、といって希望に満ちあふれているわけでもない、そういうことだった。笑っていいのか、泣いていいのか、だから彼はそういう顔をしていたのかも知れない。


でもすべては遠く、この世にあるなにものにも伝わることもなく――。

1.

――間一髪で脱出できたバスが背後で爆発するのを、蒼衣は衝撃波であおられることで実感した。

気絶した綺を抱えているので、動きが鈍い——彼らは爆発の余波から逃れきれずに、吹っ飛ばされた。

耳が一瞬、まったく聞こえなくなる——綺をかばっている箇所が衝撃を流しきれずに、変な力が掛かってぎりりと軋んだ。筋が二、三本切れる感触があった。靭帯《じんたい》が引き伸ばされる。

（——ぐっ……！）

二人は上に跳ね上げられ、落下し、山の傾斜をごろごろと転がり落ちて、また藪の中に突っ込んだ。

受け身を取り損ねた。蒼衣は背中から落ちて、全身をしたたかに打ちつけてしまった。

綺はその蒼衣の上に乗っていたからダメージはあまりないはずだったが、やはり気絶したまま眼を醒まさない。

「……う、うう——」

蒼衣は綺を地面に横たえさせて、自分は立ち上がった。

空を見上げる——そこはもう、灰色ではない。

いつもの、普通の世界の空に戻っていた。

あの異空間からの脱出には成功したのだ。到着した瞬間に起きた爆発が、また彼らを多少ずれた時間に吹っ飛ばしたようだが、それでも周辺の気候や景色が以前のそれとまったく同じだし、太陽の位置から見ても、大した時間は経っていない——彼らが囚われてから、まだこっちではせいぜい一、二時間程度しか経過していないだろう。

(だが、しかし——)

蒼衣は自らが犯していた誤りを悟っていた。

彼は、ずっとあの竜巻こそがこの事態のすべての根元で、異空間からの脱出に成功すれば、それらは雲散霧消《うんさんむしよう》するものだと考えていた。

だが、違った——あの空間の中で荒れ狂っていたあの竜巻は、この事態の根元であるはずのあの男とは、何の関係もなかったのだ。あの男はただ、異空間発生の起爆剤になっただけ——竜巻を生み出すような精神は、まったく持ち合わせていなかっただろう。

では——では竜巻は、それを生み出している者は——。

蒼衣は思い出していた。そう、あのバスには彼と綺と長谷部と、そしてあの男以外にももうひとり——巻き込まれてしまった人間が歴然と存在していたことを。

(バスの——運転手か——)

彼がそう思ったときには、もうその音は周囲に轟いていた。

〝おおおう、おおおう〟

大気を切り裂く、悲しいうめき声のようなその響きが彼らの方に向かって迫ってきていた。

光る竜巻は、彼らと一緒にこっちの世界に出現していたのだった。

「…………」

蒼衣は茫然としてそれを見上げる。

バスの運転手は——どう考えても、もう死んでいる。爆発にモロに巻き込まれてしまったのだから。

あの竜巻は、彼の精神が具現化したものなのだろうが——それは何を顕しているのか？ 竜巻が光っている理由をやっと理解する。それは内部で次々と連鎖反応的に爆発し続けているためだ。蒼衣たちが異空間で遭遇していたあの爆弾どもなど比較にならないパワーの〝想い〟が途切れることなく爆発し続けているのだ。

それが渦を巻いて、周囲のものを巻き込んで、竜巻として形成されている——それは、無念の結晶であろうか。

幽霊と呼ぶには、あまりにも巨大で歴然とした破壊現象がそこにはあった。

（——い、怒っているのか……自分が理不尽に巻き込まれて殺されたことを……？）

蒼衣にはそれを想像することもできない。あれほどのパワーを生み出す想いなどというものは、彼には——とても理解できなかった。

だがひとつだけわかっていることがある。

爆弾の製造装置であるブリックがもうここにいないのに、異空間から外に出ているのに、それでもあの竜巻が消えないということは、もはや——蒼衣にはあれを消す手段などまったく思いつけないということだった。

「う、うう――」

どうしようもない――のだった。

「ううう……」

蒼衣は、その腰から力が抜けて、その場にへなへなと崩れ落ちた。限界だった。彼の身体がもう、動こうとしなかった。

横では綺が倒れたままで、こっちも身動き一つしない。

その二人の方へと、竜巻が容赦なく迫ってくる――おそらくその進行には、別に蒼衣たちに対する敵意などはないのだろう。これまでもそうだったのだから。ただ――進んでいく先に二人がいて、それは大したことではないというだけなのだった。

圧倒的なものが、無力なものを蹂躙《じゅうりん》するのに理由はない――象が蟻《あり》を踏み潰《つぶ》すことを意識しないように。

「あああ、あ……」

蒼衣ははじめて、己の脆《もろ》さを知った。

ことん――と心の奥底に何かが当たる音がしたような気がした。それは彼の、これまで生きてきた意志が、なんの反発力もなくただ落下してしまった感触だった。嘆くことも悲しむこともできない、ひたすらな停滞がそこにあった。

だが、そのとき――それが聞こえてきた。

以前にもあったことが、今また、跳ね返るように繰り返された。

（——え……？）

今度は、それは竜巻の轟音の中にかすかに混じる囁きのような音だった。

激しい流れの中に垂らされた一滴のインクがすうっ、と溶け込むことなく線を描いているように、その音が——口笛が、妙に明瞭なものとして蒼衣の耳に届いた。

（——な……）

蒼衣は——我が眼を疑っていた。

彼の前に、いつのまにか——まるで地面に落ちていた影が立ち上がったかのように、そのシルエットが出現していた。

人というよりも、さながら筒のような黒い影が。

そして聞こえ続けているその口笛の音色は〝ニュルンベルクのマイスタージンガー〟だった。

（な——なんだ、あれは——）

その影は、帽子を被ってマントを羽織っているから筒のように見えるのだと理解はできるが、問題はそんなことではなく、そいつの放っている気配が決定的に異様なのだった。蒼衣は大勢の強敵を見てきた。中には自分よりも明らかに強い者もおり、そいつから逃げ出したこともあった。敗北感ならそれまで何度も感じてきた。

だが——そいつには敗北感など感じなかった。

それどころではないのだった。

そこにあるのは、彼などよりも遥かに冷たく、容赦もなく、ひとかけらの躊躇《ためらい》もない、殺気を放つという言葉ですら生ぬるい、ただの——

(あ、あれは——あれが……あれじゃあ——)

あれではただの……そう、ほんとうの、正真正銘の——

(し、死神じゃないか……!)

蒼衣の身体が、我知らずがたがたと震えていた。わななく唇から、意識せずにその、、、名前が戦慄と共に漏れだした。

「ぶ——ブギーポップ……?」

その黒帽子は迫ってくる竜巻を前に、平然と立って、それを迎え撃つ態勢である。

激流の中で、口笛だけが鳴っている——。

2.

バス運転手だった山下善次は、自分に何が起きたのかまったくわからないままに、その生命を終えていた。ただ意識の一部だけが周辺の異変の影響を受けて、波動となって残されていた。

（——えーと……）

その意識には特に怒りはなかった。苛立ちもない。生前のそれでもっとも近い感覚といえば、とまどい、というのが妥当だろう。

（——えーと、なんだったっけ——俺は、運転してて——長距離だっけ、バスだったっけ——どこかに行かなきゃいけないんだったよな——どこだっけ——）

意識を支える自分の身体のほとんどがなくなっているのに、その意識の断片は渦の中心にあって、そのすべての起点になっていた。そして同時にその渦が意識が拡散するのを防いでもいた。他の精神具現化爆弾とは異なり、そこには明白なイメージがないために、爆発するエネルギーとそれをまとめようとする傾向がそれぞれ引っ張り合って、渦動を成しているのだった。

それはおそらく、ほとんど考えられないような偶然の産物だったろう。死にかけたものと、生命を起爆剤とするものとの間に奇妙なバランスが成立してしまったのだ。

だが——それがどんなに異常なことであろうと、生まれてしまったものは生きようとする。

山下善次にとって生きることとは——彼はもとより、積極的な意志を持って生きていくというタイプではなかった。その意識がさらに細切れのようになった今となってはなおさら、彼にはもはや複雑な志向はなくなっている。

（あー……でも、帰らなきゃなあ……）

ぼんやりとした意識だけが、恐るべき破壊の渦のなかでふわふわと浮いている。

（家では恵美《えみ》と赤ん坊が待ってるんだもんなあ……ちゃんと帰ってやらないと……えーと、家はどっちだったっけ……）

ふらふらと、その頼りない、しかし想いとしては時間を掻き乱す竜巻を生み出すほどに強い〝家族に会いたい〟という意識の導くままに、竜巻は自然と人間が大勢いそうな山のふもとへと下りていこうとしていた。

だがそのかつては平凡な男、山下善次だった意識の前に、妙にひんやりとする気配が、すっ、と立った。

（……？　なんだ……？）

もはや竜巻となった善次には視覚も聴覚も触覚もない。感覚というものがなくなっているのだ。自分が巻き込んでズタズタに破壊しているものについてさえ、なんの認識もない。

それなのに、その冷たさだけが、まるで肉体が残っていたときに、真冬にいきなり背中に、外気に晒していた手を突っ込まれたときについ「ひゃあ」と悲鳴を上げてしまうような唐突さで侵入してきたのだった。

〝……君は、世界とはもう相容れない――〟

冷たい声が、どこかから響いてきたような気がした。

〝君がどう思おうと、既に君は世界の敵になってしまっているんだ──だから〟

その声の調子はむしろ穏やかだった。そのような内容を述べることがその声の主にとっては極めて自然で、ごくありふれたものであるが故に、まったく異様な響きを伴っていなかった。そしてそのことが、何よりも異様だった。その声は、こう続けたからである──。

〝だからぼくは──君を殺す〟

山下善次だった意識は、その言葉を聞きながらも、それを理解するだけの認識力を既に失っている。だから彼はそれにもまったく動じることなく、彼の帰りを待っているはずの家族の許に帰るために、方向を変えることなく、そのまま──まっすぐに突っ込んでいった。

＊

「…………」

蒼衣秋良は、自分が見ているものが信じられなかった。

後で誰に説明したって、それは単なる冗談としか受け取られないだろう。だが目の前で実際にそれが行われている状況では笑うどころではない。

天まで届こうかという巨大な竜巻の柱の前に、その何万分の一にも満たないちっぽけな筒に似た人影が立っていて、そのマントから細い腕がするするっ、と出てきたと思うと、ややおとなしめなオーケストラ指揮者のような、メリハリはあっても変化に乏しい動きで、ついっ、とその両手を振った――それだけだった。

動作としては、ほんのわずかなことに過ぎなかった。

その結果も、蒼衣にはよくわからなかった。黒帽子の指先から何か、きらきらと光る糸のようなものが伸びているみたいには見えた。そして腕が振るわれたときに、その糸の先になにやらちいさな破片のようなものが釣られて、竜巻の中から引っぱり出された、ような――すべては一瞬であり、細部まではとても見えない。

だが――ちらっとだけ視認できたその影はなんだか、半分に砕けた頭蓋骨《ずがいこつ》の片割れのようにも見えた。死骸としても不完全な、もはや何物でもない、ただの断片が――竜巻から引き剥がされた。

その途端に、すべての集束が途切れた。つなぎとめていた糸という糸が何もかも切断されたようだった。

——ふわっ……。

それは膨れ上がるように、しかし柔らかく、ただし取り返しもつかず——竜巻は一瞬で、四方八方に拡散し、それぞれの奔流が無関係の方向にでたらめに飛び散っていって——そして、終わった。

そこに何があったのか、もはや確認のしようもないほどに、無に帰っていた。

ことん——と、どこか遠くでなにかが落ちた。それはきっと、たった今、死神が釣り上げたカケラが地面に落ちたのだろう。だがそれはあまりにも小さく、音もわずかすぎて、どこに落ちたのかさえわからなかった。そして跳ね返る音はもう、永遠に聞こえてはこなかった。

「…………」

蒼衣は、茫然としている——。

「——」

ブギーポップは、竜巻が消えた方角を向いたまま、なにやら肩をすくめるような動作をした。

そして、そのまま去っていく。蒼衣たちの方など一顧だにせずに、何事もなかったかのように——。

3.

……煙がくすぶっている。

そこは〝牙の痕〟の中心——大地に穿《うが》たれた窪みの底だった。爆発が起きて、様々な混乱が生じて、荒れ狂って、そして過ぎ去った後の——もはや重要なものが何もない所だった。

そこに今、一人の人間が姿を見せた。

雨宮美津子——リミットである。

「——ふむ」

彼女は、前にも確認したはずのその場所にまた戻ってきていた。

それは彼女が、突然のように現れた奇怪な竜巻が山のふもとに向かって下り始めたのを目撃したからだった。

あまりにも込み入った事柄が錯綜しているので、こういうときはむしろ起点に戻るべきだと判断したのである。

(あの竜巻は——消えたようだな。なんだったんだ？　まあいい——)

彼女は、これまで摑むことのできた情報を頭の中であれこれ組み上げていた。そして多少は整理もできた。

そんな冷静な彼女の前で、ぽっ――と空中にひとつの点が現れた。

それはレンガのような、赤い色をしていた。

「――」

リミットは油断のない眼でそれをじっと観察している。

そのレンガのような色をしたものは、それが二つの次元の間で交錯した瞬間にひとつが消えたときと逆に、一つに戻って、ふたたび実体化しようとしているのだった。

「――」

リミットはその赤いものを静かに観察している。

それはだんだん大きくなってきて、乳児のような大きさになった――そしてリミットが、そこで動いた。

指を一本立てて、ぴっ、とそれを指さした。

すると――それが大きくなるのが、そこで停まった。

「おまえがなんなのか、私は正確には知らない――」

リミットは囁いた。

「だがどうやら、おまえこそがかつてこの地に落ちてきたものらしい――子供に拾われて、一度は離れていたのが、何かに導かれてここに戻ってきたんでしょう？」

彼女の指は、それだけでは何もないようにしか見えない。だがそれは確実に触れているのだった——相手にも触れている空気に。

「——そして、子供が何年も普通に保管できる程度の封印ならば、私だったらもっと完全に、簡単におまえを閉じこめられる——空気《エアー》のかばん《バッグ》に詰め込んで、ね——」

彼女の口元に、かすかな笑みが浮かぶ。

その彼女の前では、空中に固定された赤い子供がぴくっ、とわずかにひきつって、そして眼を開いて彼女を見た。

リミットは彼に向かって、うなずいてみせた。

「そうよ——おまえは、おそらくは本来の使命から放り出された存在で、私はついさっき、それまで人生を全部投げ捨ててきたところ。私たちはとっても似たもの同士ってことなのよ——」

〝…………〟

あらゆる心から爆弾を生み出してしまう存在と、あらゆるものを閉じこめてしまうことのできる二人がここに、こうして出会ったのだった。

＊

「……う、ううん——」

ゆりかごのように優しく揺られる感触の中で、綺は眼を醒ました。

「……あ」

「気がついたか」

かなり近くで蒼衣の声がした。そして胸から腰、太股《ふともも》にかけて暖かい感触があった。

自分が彼におんぶされて、山を下っているのだということに気づいた。

「…………」

彼女は蒼衣の背の上でぎくしゃくと、周囲を見回した。

そこにはもう灰色の空はなく、道も普通の舗装された道路になっている。

「あの——蒼衣くん……」

「なんだ」

蒼衣は素っ気ない声で言った。でもそれは、それまでのものとは違って、ひどく疲れた気配が漂っていた。

「……私たちは——」

綺は、所在なげに首をわずかに振った。

彼女は自分が握っていたブリックの、そのつないだ手の感触を思い出そうとして、蒼衣の胸元に回されている手をわずかに動かした。しかしそれはもう、かすかに残る記憶でしかなかった。あの子が彼女に何を求めていたのか、それさえもう二度と確かめることはできないのだと、思った——。

「私は——」

彼女はぼんやりと呟いた。

いつだって、自分は——だがその言葉は彼女の胸の中で澱んで沈んでいくだけで、はっきりと形にすることもできない。

「…………」

蒼衣は無言で、そんな少女をただ運んでいく。自分だけではどこに行っていいかわからないから、とにかく彼女を帰せる場所に帰せばいいのではないか——とでもいうかのように、ひどく気のない行動だった。

風が、そんな二人の横をただ、吹き抜けていく——。


そして、そんな二人の前方から、人工的な〝ぶううん〟という騒音が聞こえてきた。車のエンジン音が接近してきている。

「歩けそうか？」

蒼衣が訊いてきたので、綺はうなずいて彼の背中から下りた。

そして二人がぼんやりと立っていると、パトカーが一台、数名の人間たちを載せてこっちにやってきた。灰色の霧が晴れたので、やっと事態を確認しに来たようだ。

彼女たちの姿を確認すると、パトカーは停車して、そこから人々がわらわらという感じで出てきた。

その中に末真和子と、そして谷口正樹の姿もあったので、綺は意表を突かれた。自分が危険だったということをどうも既に知られてしまっていたらしい――

「あ、綺――!」

正樹は彼女の姿を認めると、真っ先に飛び出してきて、彼女の前に駆け寄ってきた。

そのすごい勢いに、いきなり抱きつかれるかと思ったが、彼はすぐ前で急停止して、そして彼女の身体にひどい傷がないことをすぐに確認して、そして、ぶわわっ――と突然に両眼に涙を溢れさせた。

あまりの反応に、綺は少しとまどった。

「……正樹――」

「よ、よかった――無事で――ほんとうに……」

正樹は綺の前に立つと、どうしていいかわからない感じで、とにかく彼女の顔ばかり見ている。安堵の涙が後から後から出てきて彼の頬を濡らしまくり、ほとんど迷子のように泣きじゃくっていた。

「……あの、正樹」

「な、なんだい?」

「どっちかと言うと、泣くのは私の方じゃないかしら――」

囁くような声で言い、そして彼女は少しだけ微笑んだ。

「あ、ああ——そうか、そうかもね。え、えと——」

正樹はあらためて彼女の全身を見て、その薄汚れた姿に彼女の苦労を察したようで、結局また泣き出した。

「で、でもほんとうに、よかったよ——」

正樹が泣いていると、後ろから警官と末真和子たちがやっと追いついてきた。

「き、君たち——何があったんだ?!」

警官が声を掛けてきた。すると綺の後ろに立っていた蒼衣が、

「乗っていたバスが竜巻に巻き込まれて、転倒したんです——」

と冷静に言った。

「運転手の方は亡くなりました。バスが爆発したので——」

「竜巻だって? それはさっきちょっと見えたあれか?」

「そうだと思います」

「他の乗客は?」

訊かれて、蒼衣はほとんどためらいなく、

「いいえ」

と即答していた。長谷部京輔については生死不明だし、どう考えても統和機構がらみのあの

男については他言しない方がよさそうだった。どうせ目撃者もいない。警官はあっさり納得してうなずいて、

「君たちは歩いてここまで下りてきたのか？」

と、さらに訊いてきた。今度は蒼衣は、少しだけ口ごもった。そしてなんとか、

「途中で、ちょっと道に迷ってしまいましたが——」

そう言って、空を見上げて、そして少し息を吐いた。

ああ——そうだ。

ほんとうに、ずいぶんと迷っていたものだ……。

「そ、そうか。大変だったみたいだな」

全身の服がボロボロの蒼衣の疲れ切った様子に、警官も釣られて息を呑んだ。

彼らの背後では、この警官を急かし立てて、ここまで連れてきたらしい末真和子と谷口正樹が、綺を囲んでよかったよかったと騒いでいる。

蒼衣はその様子を横目で見て、そして——彼も少し微笑んだ。

そして、そのまま正樹に話しかけた。

「あんたがマサキか？」

「え？」

正樹はきょとんとして、初対面の蒼衣秋良に眼をやった。

「僕は彼女のクラスメートだよ。彼女にはずいぶんと助けてもらったから、あんたにも礼を言っておくよ」

「あ、ああ——こちらこそ、えと、ありがとう」

正樹は頭を下げた。その彼に蒼衣は苦笑して、

「あんたも大変だな——」

と呟いた。

「は?」

正樹はまた眼を丸くしたが、蒼衣が手を差しだしているのを見て、あわててその手を握り返した。

二人はよくわからない握手を交わした。綺と末真は、そんな二人を少し唖然として見ていた。

するとそこに、

「ちょっと——そこの」

という声がパトカーの中の、助手席に座っている者から発せられた。女性の声だった。

蒼衣はその声の方を振り向いた。彼女は蒼衣だけを手招きして、後の三人はそこにいろ、というような仕草を的確にしてみせた。

蒼衣は、パトカーがやってきたときから呼ばれるだろうと思っていた。パトカーの助手席に乗っているのは、彼のよく知っているリミット——雨宮だったからだ。彼は彼女の方に近寄っ

ていった。一緒に警官も呼ばれたと思って寄っていく。

「巡査長、あなたはとりあえずその事故現場に向かってください。すぐに応援が来るはずですから、それと合流し、指示を仰いでください。この子たちは私が保護しておきますから」

「わ、わかりました。雨宮さん」

警官は敬礼して、そして大急ぎで山道を登っていく。

蒼衣はため息をついて、雨宮に顔を寄せた。

「おい——ずいぶんと色々なことに巻き込んでくれたみたいだな。説明してくれるんだろうな?」

そう囁くと、彼女は冷たい眼で蒼衣を見つめ返してきた。その眼光に蒼衣が、おや、とかすかな違和感を感じたそのとき、雨宮は唇を開いて、言った——。

「おまえが蒼衣秋良か」

「……え?」

蒼衣は虚を突かれた。別に偽装すべきような状況でもない。綺たちは少し離れたところにいるから、彼らの話し声は聞こえていない。では——

「——ま、まさか、あんたは——〝リセット〟の方か?」

初めて見るが、こいつはリミットにそっくりな双子の、その妹の方らしかった。

雨宮世津子——〝モービィ・ディック〟という超絶破壊能力を持つ統和機構随一の始末屋が、

蒼衣の前に現れたのだ。当然、彼のことは姉に聞いていて先刻承知らしい。

「姉が――美津子が消えた。どこにもいない。おまえには彼女の行き先の見当はついているのか？」

リセットは鋭い口調で、突き刺すように訊ねかけてきた。

BOUND 8.

いつか、跳ね返ってくるものは ——

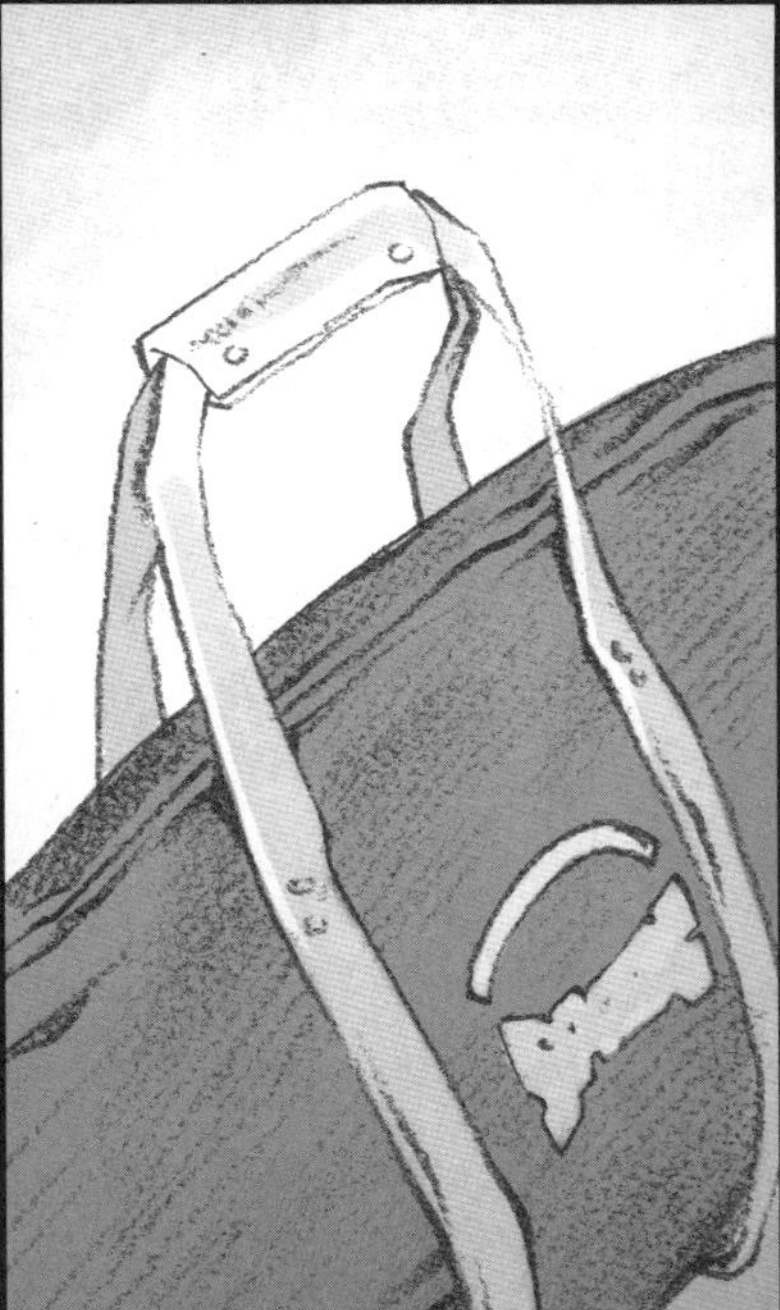

……綺たちは雨宮世津子が運転するパトカーで、山道を下っていく。

助手席に蒼衣が乗って、残りの三人は後部座席で縮こまっている。正樹が真ん中で、彼は両側の女子にあまり触れないように身を縮ませている。

車内はどこか重苦しい雰囲気が漂っていた。蒼衣と雨宮が一言も口を利かないからだった。

そんな雰囲気を少し崩そうと、末真が口を開いた。

「……でも、綺ちゃん、正樹くんはほんとうにすぐにすっ飛んできたのよ」

からかうように言うと、綺よりも正樹の方が顔を真っ赤にした。

「い、いやだって……心配だったからさ。ねえ？」

「うん、ごめんなさい——」

綺は頼りなくうなずくだけだ。

「い、いやそういう意味じゃなくてさ——」

正樹はしどろもどろになり、そしてなんとかごまかそうと、

「あ、ああそうだ、姉さんにも連絡入れないと——そもそも姉さんが最初に事故のことを教えてくれたんだから。まだ山のどこかでバスのことを探しているかも——」

と彼は、携帯電話を取り出して掛けようとして、しばらく通話が全然つながらなかったことを思い出して、あっ、と思ったが、しかし今度は何の障害もなく普通に霧間凪のところに通じた。

〝……正樹か〟

彼女はすぐに出た。

「もしもし、姉さん？　綺は無事だったよ。今は警察の人と一緒にいるんだ」

彼が弾んだ声で言うと、凪は、

〝そうか、それはよかった〟

と静かな声で言った。あんまり嬉しそうではない。というよりも——他にも大事があって、喜んでいる場合じゃない、というような感じだった。

「姉さん、どうかしたの？」

〝いや、なんでもない——なあ、正樹。そういえば親父さんが帰ってくるのって、来月だったよな？〟

唐突に訊かれた。

「え？　う、うん。その予定だけど——お母さんも一緒だって——」

正樹の実父である谷口茂樹と、その後妻で凪の実母である鏡子は今は外国に在住していて、たまにしか帰国しないのだ。

〝——うん。そうだったよな……〟

凪の声は歯切れが悪い。第一、その予定そのものは凪はとっくに知っているはずである。

「姉さん……なにかあったの？」

〝いや——あんたは綺の側にいてやるんだろう？〟

「う、うん。もちろん」

〝あんたも、しっかりしなきゃね〟

急に奇妙なことを言われた。いつも言われていることだったが、なんだかその響きがいつもと少し違って、なんだか遠い——。

「姉さん？」

〝少し、そっちに行くのが遅れるかも知れないから、気をつけて〟

そう言われて、通話は向こうから切れてしまった。

「…………」

正樹は少し茫然としている。

「なに、どうしたの？」

横で末真と凪が、心配そうな顔で彼の顔を見つめていた。

「いや——なんか少し遅れるって」

正樹は不安を二人には悟られないように、できるだけ落ち着いた口調で言った。

また沈黙が、車内に落ちた。

しばらく経って、末真が「あ」と声を上げた。

「そういえば私って、藤花のこと放ったらかしだったわ——」

彼女も携帯を取り出して、一緒に受験する学校の下見に行くはずだった友だちのところに電話を掛けようとした。正樹と凪が通話できたのなら、彼女とも話せるだろう、と思った。

しかし——つながらなかった。

「……あれ？　あれれ？」

電波はもう届くようになったはずなのに、宮下藤花とはどういうわけか、まったく通話できない——。

＊

付近で事故があったのでしばらく発車が見合わされていた電車が、ようやく駅から動き出していた。

その車内は、もともとそんなに客が多いわけでもない路線で、しかもいくらでも代替の交通手段があるため、再開時のものにはほとんど客がいなかった。

その車両にも、赤ん坊を抱えた女性が一人乗っているだけだった。

「…………」

ごとんごとん、と揺れる車両で静かに座っているその女性は、リミットである。

抱えられている赤ん坊はブリックであったが、その体色は傍目からだと普通の肌色にしか見えなかった。これはリミットの能力〝エアー・バッグ〟によるもので、彼女は空気の屈折率や反射を操作することで、色や遠近感といったものの見え方を変えることができるのだ。どこまで相手の視覚をいじれるか、ということに関しては彼女だけの秘密であり、もしかすると彼女は透明人間のように誰の眼にも捉えられなくなることさえも可能なのかも知れない。しかし今は、その偽装はとにかくブリックを自然な子供に見せるくらいにしか使っていない。

（蒼衣は、やっぱり君のことをブリックって呼んでたのかしらね）

リミットは彼の頭を優しく撫でながら心の中で呟いた。レンガのことをブリックと呼ぶのは彼女の癖で、蒼衣との待ち合わせの時にはレンガ造りの喫茶店などを「あのブリックの所」などと呼んでいたから、彼女も自然と彼のことをブリックと呼んでいる。

「さて——これからどうするかしらね」

彼女はかすかに微笑みながら、ひとり呟いた。統和機構と対立することになった訳だが、しかし今の彼女にはそのことに対して予想していたような恐怖はもうなかった。むしろ、

（なんか、わくわくしてきたわ——）

それはリミットにとって、それまでの人生でかつて味わったことのない感覚だった。他の何

者にも脅かされずに、たとえ危険が目の前にあっても、それと真っ向から立ち向かってやるという気概が湧いてくる。

(このブリックが役に立つかどうか、まだわからないけど――でも、私が動ける限りはあんたを守ってあげるから、安心しなさい)

今の統和機構の基本姿勢は、危険な存在は排除というものであるから、こいつが見逃される可能性はゼロである。ましてや自分で自分の能力を制御できないとなればなおさらだ。

彼女は、ふふっ、と笑った。自分がまさか何かを〝守る〟などということになるとは思いも寄らなかったのだ。あるいは将来的には、彼女は妹のリセットとも戦うことになるのかも知れないが、それさえも今は怖くなかった。それなりに自分は修羅場をくぐってきたという自負がある。どんなものが来ようと、知っているものであれば驚かないし、大抵のものは知っている――そう思っていた。

(蒼衣を仲間に入れ損ねたのは残念だったけど――まあ、まだチャンスはあるかもね)

彼女はゆったりと落ち着いていた。

そのとき、電車がかすかにごとん、と揺れた。

そして、その彼女たちしか乗っていなかった車両に、前方の車両との間を区切る扉が開いて、一人の乗客が入ってきた。

扉は再び、ゆっくりと閉じる。

ん、とリミットは顔を上げた。列車はがらがらだ。別に他の車両に移動する必要はない。次の駅に着くのも少し先だから、下りやすい位置に移動するのもタイミングがずれている。

しかし、ちらと見ただけで、リミットはその客に何の警戒も必要ないと思った。それはごく普通の女子高生だったからだ。見覚えもない。

スポルディングのスポーツバッグを下げて、ありきたりの普通の気配しか放っていない、取るに足らない娘——そうとしか見えなかった。

「…………」

娘は当然、無言で、自然に歩いてきて、リミットたちの前まで来た。

そして——そこで停まった。

彼女たちの前に、立った。娘は彼女たちを無表情に見おろしている。

「……？」

リミットも娘を見た。この時点でも、まだリミットは警戒心も何も抱かなかった。殺気も怪しい様子も、何もなかったからだ。

娘は、奇妙なことを言った。

「——まだ、残っているぞ」

その口調は何だか少年のようで、女の子とは思えなかった。

なんのことだ、とリミットが訝《いぶか》しんだとき、彼女は娘の背後の窓ガラスに、うっすらと映っている自分の姿を見て――きょとんとした。

自分がそこに映っているのだが、しかしそれはどう見ても自分ではなかった。その表情は笑っていた。

だが彼女には、絶対にそんな顔で笑うことなどできない。

そもそも、そんな笑顔というものがあり得るのか、それは何の夾雑物《きょうざつぶつ》のない、純粋に、ただただ〝笑う〟ということが実現しているような、この世のすべてを肯定し、祝福しているような――それはどこまでもどこまでも透明な微笑みだった。自分の顔でその表情が表されているのに、彼女にはその笑いがどういうところから生まれているのか、見当もつかなかった。

そして――その自分が、口を開いた。

「いいえ――きちんと残っているわけではないわ」

自分の声なのに、自分ではないみたいだった。ひとりでに口が開いて、勝手に喋っていた。

「これは単なる残響よ――もう何の力もない、ただの幻影――」

自分の喉からこんなにも、歌うような澄み切った声が出るとは信じられなかった。

彼女の腕の中では、ブリックがまるで凍りついたように、時間が停まってしまったかのように、動かなくなっていた。

そして彼女自身も、自分の意志では指一本動かせなくなっている――これはなんだ、と思った。ブリックに自らの能力を使っているから、その逆流で彼女にまで影響が出ているのか？

そんな彼女を、目の前に立つ女子高生は冷ややかな眼で見おろし続けている。

「——おまえだったんだな」

もう、そいつを娘と呼ぶのは難しくなっていた。男でも女でもない、人間ですらないような、異様な感触がそいつにはあって——いや、

（その逆で——あまりにも生命の感触がなさすぎる——）

そいつは、彼女の動揺などおかまいなしで、リミットの身体を動かしている何者かに向かって話し続ける。

「おまえが——その〝天から降りてきた者たち〟から、何かを奪っていたのか——」

「あら……」

彼女の顔を使って、誰かが悪戯っぽい表情をしてみせた。

「それだと、ちょっと時間系列が合わないんじゃないかしら？　メビウス君がこの子を拾ったのは、まだ水乃星透子《みなほしすいこ》が生まれる前なんじゃないかしら？」

聞いたこともない名前が自分の口から発せられたので、リミットは戸惑った。

だが——どういうわけか、さっきから自分の身体が何者かによって乗っ取られているらしいのに、リミットにはまったく、恐怖が湧いてこないのだった。むしろ、とても心地よいくらいだった。

むしろ目の前の奴の方が、なんだか——。

「だから〝時間〟をそいつから奪ったんだろう」

そいつは静かな口調で言った。今の自分とは逆で、こいつには〝笑う〟という感覚が欠如しているのではないかと思えるほど、それは冷たい声だった。

「過去と未来と——どこまでおまえは、その力を広げているんだ?」

それは紛れもなく、なにか巨大なものに挑む者の言葉だったが、しかしこれに、

「——いいえ、そうではないわ」

と、リミットの姿を借りた者は静かに首を横に振った。

「残念だけど、もうこの世界に私はいないのよ。あなたの敵だった〝イマジネーター〟は消滅している——ここに私はいない」

ガラスに映っているその微笑みは、まったく何にも動じることがないように、変わらない。

「あなたの自動的なまでの奇妙さ《ストレインジ》を受けとめてあげることは、もう存在しない私にはできないのよ〝不気味な泡〟さん——世界の敵の、敵——あなたという存在の矛盾、そのことはきっといつか、あなた自身に跳ね返ってくる——その日はもう、そんなに遠くない」

「…………」

そいつは、その言葉を受けていわく言い難い、なんとも不思議な表情をした。

それは怒っているような、泣いているような、悟っているような、苛立っているような、どれでもありどれでもないような、左右非対称の顔だった。

「ああ……そうね」

微笑みがうなずく。

「あなたはもう、そんなことはとっくに知っているのよね——私を殺したときに、その覚悟は済んでいるんだものね」

「——」

そいつは答えなかった。

代わりに手を、すうっと持ち上げた。それをリミットの方に向ける。

その動作が何を意味しているのか、リミットにはわからなかったが——しかし彼女の意識は突然、本能的な危険を察した。

殺される——そう思った。

だが彼女を乗っ取っている者は、やはりまったく動じる様子もなく、

「だから——もう残ってはいないのよ」

と言った。

「これを生み出しているのは、実はあなたの方なのよ——これはあなたに引っ張られて、この哀れな者たちから〝自動的〟に引っぱり出されただけの、儚《はかな》い痕跡——すぐに消えるし、そして——あなたはやっぱり、そこに取り残されるのよ」

そう言うと、すうっ——と何かが晴れていくような感覚がリミットの全身を包んだ。

ガラスに映っている自分の顔から微笑みが剝がれ落ちるようにして、消える。

「…………！」

がくっ、と身体が急に放り出されたような不安感がどっ、と押し寄せてきて、たまらずリミットはブリックを抱きかかえたまま前のめりに倒れて座席から転げ落ちそうになった。

慌てて身を起こす。

そして我に返り、彼女はほとんど反射的にこの車両中の空気を〝エアー・バッグ〟で攻撃した。分子という分子が固まり、中にいるものは一歩も動けなくなり、圧殺される——はずだったが、そのときには……もはや、

「い、いない——誰も……？」

車両に乗っているのは、彼女とブリックだけで、人影などはまったく、どこにもなかった。

自分の眼が信じられず、何度も辺りを見回した。

車両の窓が、ひとつだけ開いていた。

そこからは風が入ってこようとしているが、〝エアー・バッグ〟に押し返されて、まったく入ってこれない。そして逆に、能力も窓の外には届かない。彼女から離れている上に風の流れが速すぎて、空気が千切れてしまうのだった。

「…………」

リミットは、自分が何と遭遇したのか、考えてみようとした——その名が、あの対話の中で

出てきていた。

その名は、そのことを彼女は知っているようで、まともに考えようとは一度もしなかったものだった。そんなものは単なる噂で、根拠などないものだと断じていたはずの——

「——ブギー……ポップ……」

ぼんやりと呟いて、そして彼女は能力を解くと、また座席に座り込んだ。

冷たい風が車両内に迷い込んできて、彼女の髪を揺らしている。

窓の外では景色がどんどん動いていき、つい先程まで灰色の霧に包まれていた山の姿はもう、遥かに遠かった。

*

……雨宮世津子が運転する車は、山を下りていく。その後部座席で、織機綺は無言で座っている。

「…………」

前の助手席では蒼衣秋良が厳しい横顔をしているのが見える。どうやら彼はもう、あの山での出来事とは別の、大変なことに巻き込まれてしまっているようだ。隣の雨宮という女と一緒に、それと戦わなければならなくなったらしい。

綺はもう、それとは何の関係もない。

彼女はちら、と横に座っている正樹に眼をやる。

彼も強張った顔をしている。さっきの凪との電話以来、なにか様子がおかしい。

「…………」

彼女は膝元に眼を落とした。

正樹と自分の手が、すぐ近くにある。でも彼の手は固く握りしめられていて、それに触れるのがためらわれる。

自分は何ができるのだろう、と彼女はまた思った。やっぱり何もできない役立たずのまま、そこから一歩も出られないのだろうか……と彼女が思ったとき、

「——あれ、寒いのかい？」

という正樹の声がうつむいた綺にかけられて、そして彼女が顔を上げたときに、正樹の手が綺の手を掴んでいた。

「やっぱりずいぶん手が冷たいよ。少し震えているし、大丈夫？」

と言いながら、正樹は自分が着ていた上着を、綺に掛けてくれるつもりで狭い車内で脱ごうとした。一度は掴んだ手をまた離そうとする。

「——あ」

それを綺はぎゅっ、と握りしめて離させなかった。つい、強く握ってしまった。

「え？」

正樹が少しきょとんとする。綺は自分でもどうしてそんなことをしたのかわからず、やや茫然とした顔になっている。

「い、いや――平気。大丈夫だから……」

と弁解めいたように言うが、やっぱり手は離せない。

「う、うん……ならいいんだけど――」

正樹もとまどいつつも、握りしめられた手を振りほどけない。

ひどくぎこちなく、迷いながら、お互いの様子をうかがっている――。

車は事故現場に向かっている無数のパトカーとすれ違いながら、人々が暮らしている山のふもとの街へと下りていく。

"Lost in Moebius" closed.

迷っていることが辛いなら、なにも想わなければいいんだろうけど
想えないことが悲しいなら、迷いを怖れなければいいんだろうけど

――〈もし人に永遠あらば〉

あとがき――迷いはまわる、表裏なき輪の如く

たとえば詐欺師《さぎし》のテクニックの一つとして、相手に迷う隙をわざと与えるというものがあるという。AとBと、二つのやり方があると言って、このどちらがいいかと選択を迫ると、はじめから全部を断るという方向に話がいかなくなって、相手を引き込みやすくなるというのである。客は考えて、どちらが得か損か迷っているつもりなのだが、どちらにせよ騙《だま》されているのであって、その迷いには客観的に見てまったく意味がなかったりする。レストランに入ってハンバーグランチにするかステーキセットにするか迷っている状態なんかでも、すでにその店で食事をするということは決定していて、迷っているときには最も根本のことはとっくに通り過ぎている。我々の〝迷い〟というものは実はほとんどがこの類《たぐい》であり、充分に検討しているとか自分で思っているときには、実はもう肝心のことを決めつけてしまった後なのだ。正しい決断の後ならば何の問題もないのだが、しかし我々の人生というのはほぼ「あんとき、あーしてればなあ」の連続なのであって、何の問題もないなどということはまったくの夢物語である。

じゃあ何の意味もないなら全然迷わなければ、それだけでいいのかというと、そんな馬鹿な。無茶言うな。迷わないでいることなどできるわけがない。まあ世の中にはとんでもない人生の達人もいて、考えることは迷いを産むから、考えるな、感性で即断しろとかいうけれど、そういう人は困ったことに過去に自分もものすごい努力をして、色々な苦難に出会いまくって、それを克服してきたのをほとんど忘れているもんだから、その自分の〝省略〟をまるで自明の理のように語るだけで、今まさに現在進行形で「二つの道があるなあ」と思っているけど実はもうそれは手遅れ、という事態に陥っている迷い人にはあんまし役に立ってはくれない。「迷うことは間違いだ」は当たっているのだが、当たっているだけである。どこで迷うことが間違いなのか、どこから迷っておけばいいのか、判断材料がありすぎるのは害だというのはわかるのだが、それがどこからどこまでなのか、これはもう途方に暮れるのみである。

メビウスの輪というのは皆さんご存じの通りに、帯の真ん中を辿っていくと表と裏が一本の線でつながり、さらにその線に沿って縦に切っていくとさらに大きなひとつの輪になってしまう。ねじれがもう一個よけいに増えた上で。正に迷っている人間の状態そのままという感じで、さらにその輪を二つに切ろうとすると、今度は鎖のようにつながった二つのねじれた輪っかになってしまう。混乱の限りであり、もうどうしていいのかわからない。迷いに迷うことはこのメビウスの輪を縦に切り続けようとする行為に似ているのだろう。しかし、では横に切ればただの帯になるだろうといわれても、しかし輪っかに興味がある者にとっては、別に帯なんぞには用はないのである。だから——やっぱり前提が間違っているのだろう。ねじれた輪っかがあったとき、我々はそれを直そうとばかりしてしまって、なぜそのねじれがあるのか、ということに気が回らないのである。あるがままにねじれているだけだ、ということを認めれば何の問題もないのに、だ。我々の悩みの大半も、実はそういうものなのかも知れない。悩みを断ち切ろうとして、その度にもっとねじれを増やしていってしまっているような。その最初のねじれって奴にまで戻りたいものであるが、それができないからあれこれ悩んでいるわけで——まさに論理が輪を描いて、表も裏もありません。でもとにかく、我々は最初からなんかどっかでねじれていて、それはどんなに悩まなくてもすむ悟りの境地に達しても、必ず一つは残っているものではないか、と——そんな風にも思うのだった。己のねじれを自覚するのが悩みから遠ざかるのにつながるというのは無茶な気もするが、この文章のどこから間違いが始まっているのか、書いた本人には当然わからないのだった。そんなもんです。以上。

（ホントに迷ってるのか、言葉を弄《もてあそ》んでるだけか、まずそれを悩むべきじゃないのか）
（うーメンドくせえ……まあいいじゃん）

BGM "Save Me" by QUEEN

◉上遠野浩平著作リスト

「ブギーポップは笑わない」（電撃文庫）
「ブギーポップ・リターンズ　VSイマジネーターPart1」（同）
「ブギーポップ・リターンズ　VSイマジネーターPart2」（同）
「ブギーポップ・イン・ザ・ミラー「パンドラ」」（同）
「ブギーポップ・オーバードライブ　歪曲王」（同）
「夜明けのブギーポップ」（同）

「ブギーポップ・ミッシング　ペパーミントの魔術師」（同）
「ブギーポップ・カウントダウン　エンブリオ浸蝕」（同）
「ブギーポップ・ウィキッド　エンブリオ炎生」（同）
「冥王と獣のダンス」（同）
「ブギーポップ・パラドックス　ハートレス・レッド」（同）
「ブギーポップ・アンバランス　ホーリィ＆ゴースト」（同）
「ブギーポップ・スタッカート　ジンクス・ショップへようこそ」（同）
「ビートのディシプリン　ＳＩＤＥ１」（同）
「ビートのディシプリン　ＳＩＤＥ２」（同）
「ビートのディシプリン　ＳＩＤＥ３」（同）
「機械仕掛けの蛇奇使い」（同）
「ぼくらの虚空に夜を視る」（徳間デュアル文庫）
「わたしは虚夢を月に聴く」（同）
「あなたは虚人と星に舞う」（同）
「殺竜事件」（講談社ＮＯＶＥＬＳ）
「紫骸城事件」（同）
「海賊島事件」（同）
「しずるさんと偏屈な死者たち」（富士見ミステリー文庫）

本書に対するご意見、ご感想をお寄せください。

電撃文庫公式ホームページ 読者アンケートフォーム
http://dengekibunko.jp/
※メニューの「読者アンケート」よりお進みください。

ファンレターあて先
〒 102-8584　東京都千代田区富士見 1-8-19
アスキー・メディアワークス電撃文庫編集部
「上遠野浩平先生」係
「緒方剛志先生」係

本書は書き下ろしです。

電撃文庫

ブギーポップ・バウンディング
ロスト・メビウス

上遠野浩平《かどのこうへい》

2005年 4 月25日　初版発行
2018年12月 5 日　5版発行

発行者　郡司　聡
発行所　株式会社KADOKAWA
〒102-8177　東京都千代田区富士見2-13-3
プロデュース　アスキー・メディアワークス
〒102-8584　東京都千代田区富士見1-8-19
03-5216-8399（編集）
03-3238-1854（営業）
装丁者　荻窪裕司 (META＋MANIERA)
印刷・製本　加藤製版印刷株式会社

ISBN978-4-04-867667-0　C0193　Printed in Japan

電撃文庫　http://dengekibunko.jp/
株式会社 KADOKAWA　http://www.kadokawa.co.jp/

電撃文庫創刊に際して

文庫は、我が国にとどまらず、世界の書籍の流れのなかで〝小さな巨人〟としての地位を築いてきた。古今東西の名著を、廉価で手に入りやすい形で提供してきたからこそ、人は文庫を自分の師として、また青春の想い出として、語りついできたのである。

その源を、文化的にはドイツのレクラム文庫に求めるにせよ、規模の上でイギリスのペンギンブックスに求めるにせよ、いま文庫は知識人の層の多様化に従って、ますますその意義を大きくしていると言ってよい。

文庫出版の意味するものは、激動の現代のみならず将来にわたって、大きくなることはあっても、小さくなることはないだろう。

「電撃文庫」は、そのように多様化した対象に応え、歴史に耐えうる作品を収録するのはもちろん、新しい世紀を迎えるにあたって、既成の枠をこえる新鮮で強烈なアイ・オープナーたりたい。

その特異さ故に、この存在は、かつて文庫がはじめて出版世界に登場したときと、同じ戸惑いを読書人に与えるかもしれない。

しかし、〈Changing Time, Changing Publishing〉時代は変わって、出版も変わる。時を重ねるなかで、精神の糧として、心の一隅を占めるものとして、次なる文化の担い手の若者たちに確かな評価を得られると信じて、ここに「電撃文庫」を出版する。

1993年6月10日
角川歴彦

電撃文庫

ブギーポップは笑わない
上遠野浩平
イラスト／緒方剛志
ISBN4－8402－0804－2

第4回ゲーム小説大賞〈大賞〉受賞作。上遠野浩平が描く、一つの奇怪な事件と、五つの奇妙な物語。少女がブギーポップに変わる時、何かが起きる——。

か-7-1　0231

ブギーポップ・リターンズ　VSイマジネーターPart1
上遠野浩平
イラスト／緒方剛志
ISBN4－8402－0943－X

第4回電撃ゲーム小説大賞〈大賞〉受賞の上遠野浩平が書き下ろす、スケールアップした受賞後第1作。人の心を惑わすイマジネーターとは一体何者なのか……。

か-7-2　0274

ブギーポップ・リターンズ　VSイマジネーターPart2
上遠野浩平
イラスト／緒方剛志
ISBN4－8402－0944－8

緒方剛志の個性的なイラストが光る"リターンズ"のパート2。人知を超えた存在に翻弄される少年と少女。ブギーポップは彼らを救うのか、それとも……。

か-7-3　0275

ブギーポップ・イン・ザ・ミラー「パンドラ」
上遠野浩平
イラスト／緒方剛志
ISBN4－8402－1035－7

ブギーポップ・シリーズ感動の第3弾。未来を視ることが出来る6人の少年少女。彼らの予知にブギーポップが現れた時、運命の車輪は回りだした……。

か-7-4　0306

ブギーポップ・オーバードライブ　歪曲王
上遠野浩平
イラスト／緒方剛志
ISBN4－8402－1088－8

ブギーポップ・シリーズ待望の第4弾。ブギーポップと歪曲王、人の心に棲む者同士が繰り広げる、不思議な闘い。歪曲王の意外な正体とは——？

か-7-5　0321

電撃文庫

夜明けのブギーポップ
上遠野浩平
イラスト／緒方剛志
ISBN4－8402－1197－3
「電撃ｈｐ」の読者投票で第1位を獲得した、ブギーポップ・シリーズの第5弾。異形の視点から語られる、ささやかで不可思議な、ブギー誕生にまつわる物語。
か-7-6 0343

ブギーポップ・ミッシング ペパーミントの魔術師
上遠野浩平
イラスト／緒方剛志
ISBN4－8402－1250－3
軌川十助――アイスクリーム作りの天才。ペパーミント色の道化師。そして〝失敗作〟。ブギーポップが〝見逃《ミッシング》した〟この青年の正体とは……。
か-7-7 0367

ブギーポップ・カウントダウン エンブリオ浸蝕
上遠野浩平
イラスト／緒方剛志
ISBN4－8402－1358－5
人の心に浸蝕し、尋常ならざる力を覚醒させる存在〝エンブリオ〟。その謎を巡って繰り広げられる、熾烈な戦い。果たしてブギーポップは誰を敵とするのか―。
か-7-8 0395

ブギーポップ・ウィキッド エンブリオ炎生
上遠野浩平
イラスト／緒方剛志
ISBN4－8402－1414－X
謎のエンブリオを巡る、見えぬ糸に操られた人々の物語がここに完結する。宿命の二人が再び相まみえる時、その果てに待つのは地獄か未来か、それとも――。
か-7-9 0420

ブギーポップ・パラドックス ハートレス・レッド
上遠野浩平
イラスト／緒方剛志
ISBN4－8402－1736－X
九連内朱巳、ミセス・ロビンソン、霧間凪そしてブギーポップ。謎の能力を持つ敵を4人が追う。恋心が〝心のない赤《ハートレス・レッド》〟に変わるとき少女は何を決断するのか？
か-7-11 0521

電撃文庫

ブギーポップ・アンバランス ホーリィ&ゴースト
上遠野浩平
イラスト／緒方剛志
ISBN4－8402－1896－X

偶然出会った少年と少女。彼らこそが、伝説の犯罪者〝ホーリィ&ゴースト〟であった。世界の敵を解放しようとした二人は、遂に死神と対面するが――。

か-7-12 0583

ブギーポップ・スタッカート ジンクス・ショップへようこそ
上遠野浩平
イラスト／緒方剛志
ISBN4－8402－2293－2

ジンクスを売る不思議な店〝ジンクス・ショップ〟。そこに一人の女子高生が訪れた時、物語は動き出す。実は彼女こそ〝死神〟を呼ぶ世界の敵であったのだ――。

か-7-14 0764

ブギーポップ・バウンディング ロスト・メビウス
上遠野浩平
イラスト／緒方剛志
ISBN4－8402－3018－8

統和機構ですらその正体を把握できない謎の〈牙の痕〉、そして世界そのものの運命を握るという〈煉瓦《ブリック》〉。ブギーポップが世界の根幹に迫る衝撃作。

か-7-18 1075

ビートのディシプリン SIDE1
上遠野浩平
イラスト／緒方剛志
ISBN4－8402－2056－5

電撃hp連載の人気小説、待望の文庫化。謎の存在〝カーメン〟の調査を命じられた合成人間ピート・ビート。だがそれは厳しい試練《ディシプリン》の始まりだった――。

か-7-13 0645

ビートのディシプリン SIDE2
上遠野浩平
イラスト／緒方剛志
ISBN4－8402－2430－7

ビートを襲う統和機構の刺客。激しい戦いの中、彼の脳裏には過去の朧気な記憶が蘇る。そしてその記憶の中に〝口笛を吹く死神〟がいた――。

か-7-15 0822

電撃文庫

冥王と獣のダンス

上遠野浩平
イラスト／緒方剛志

ISBN4－8402－1597－9

〝ブギーポップ〟の上遠野浩平が描く、ひと味違う個性派ファンタジー。戦場で出会った少年兵士と奇蹟使いの少女。それは世界の運命を握る出来事だった――。

か-7-10 0469

機械仕掛けの蛇奇使い

上遠野浩平
イラスト／緒方剛志

ISBN4－8402－2639－3

鉄球に封じ込められた古代の魔獣バイパー。この〝戦闘と破壊の化身〟が覚醒する時、若き皇帝ローティフェルドの安穏とした日々は打ち砕かれ、そして――。

か-7-16 0916

絶望系 閉じられた世界

谷川 流
イラスト／G・むにょ

ISBN4－8402－3021－8

友人の部屋には奇妙な同居人がいるらしい。天使に悪魔に死神に幽霊だと言う。友人が狂ったのか、それとも世界が狂ったのか……鬼才の実験作！

た-17-8 1078

シリアスレイジ

白川敏行
イラスト／やすゆき

ISBN4－8402－3019－6

人質を取り森を占拠するサバイバルのエキスパート集団。それに立ち向かうのはたった一人の少年だった！　第11回電撃小説大賞〈選考委員奨励賞〉受賞作！

し-11-1 1076

いぬかみっ！

有沢まみず
イラスト／若月神無

ISBN4－8402－2264－9

かわいいけど破壊好きで嫉妬深い犬神の少女ようこと、欲望と煩悩の高校生、犬神使いの啓太が繰り広げるスラップスティック・コメディ登場！

あ-13-4 0748

電撃文庫

いぬかみっ！2
有沢まみず
イラスト／若月神無
ISBN4－8402－2381－5
犬神使い・啓太のもとに、新しい女の子の犬神がやってきた。怒ったようこは早速、彼女を追い出すために行動を開始するが……。大好評シリーズ第2弾！
あ-13-5　0794

いぬかみっ！3
有沢まみず
イラスト／若月神無
ISBN4－8402－2457－9
啓太を襲う男の尊厳に関わる大ピンチ。この未曾有の危機に、ようこは笑いながら、なでしこは嫌がりながら、共に啓太を救うために頑張るが……。話題のコメディ第3弾！
あ-13-6　0840

いぬかみっ！4
有沢まみず
イラスト／若月神無
ISBN4－8402－2607－5
二日酔いの啓太が朝起きて見たものは、大量の魚と、そして……!!　前日の夜にいったい何があったのか⁉　犯人は⁉　事件の真相は⁉　シリーズ第4弾登場！
あ-13-7　0900

いぬかみっ！5
有沢まみず
イラスト／若月神無
ISBN4－8402－2871－X
かわいくて大金持ちで、でも20歳の誕生日に死ぬ運命を背負った少女――。そんな彼女を救うために、啓太とようこは最強最悪（？）の死神と戦うことに……。
あ-13-9　1034

いぬかみっ！6
有沢まみず
イラスト／若月神無
ISBN4－8402－2325－4
仮名が追いかけている赤道斎の遺品。その最大級の物が発見された。啓太とようこは巻き込まれ、ヘンタイ一杯の異世界へ！ハイテンション・ラブコメ第6弾！
あ-13-10　1079

電撃文庫

ルナティック・ムーン
藤原 祐
イラスト／椋本夏夜
ISBN4－8402－2458－7
少年は〈月〉を探していた。機械都市バベルの下に広がるスラムの中で……。そして少年が少女と出会うとき、異形のものとの戦いが始まる……。期待の新人デビュー！
ふ-7-1　0841

ルナティック・ムーンⅡ
藤原 祐
イラスト／椋本夏夜
ISBN4－8402－2546－X
〈稀存種〉としての力に目覚め、機械都市バベルでケモノ殲滅のための生活を始めたルナ。そんな彼の許に現れたのは「悪魔」と呼ばれる第2稀存種の男だった……。
ふ-7-2　0874

ルナティック・ムーンⅢ
藤原 祐
イラスト／椋本夏夜
ISBN4－8402－2687－3
変異種のウエポンを抹殺するため、純血主義の組織が派兵を決めた。背後に見え隠れする「繭」の遣い手。そして彼が動く時、第5稀存種が遂に覚醒する……。
ふ-7-3　0935

ルナティック・ムーンⅣ
藤原 祐
イラスト／椋本夏夜
ISBN4－8402－2845－0
有機溶媒のプールに浸る狂気に犯された一人の少女。そして、ロイドに捕らえられたルナとシオンに対し、機械都市バベルの真の目的が遂に明かされる！
ふ-7-4　1019

ルナティック・ムーンⅤ
藤原 祐
イラスト／椋本夏夜
ISBN4－8402－3022－6
すべてを犠牲にして積み上がる楽園が、ルナとシオンの前に立ち塞がる。最後の戦いの果てに、ふたりが辿り着くのは……。「ルナティック・ムーン」終幕。
ふ-7-5　1080

電撃文庫

カスタム・チャイルド
壁井ユカコ
イラスト／鈴木次郎
ISBN4－8402－3027－7

大学生の三嶋は、ヤバめな生体実験のバイトをしながら虚無的な日々を送っていたが、ある日目が覚めると、見知らぬ少女が部屋にいて……。書き下ろし長編。

か-10-7　1085

最後の夏に見上げた空は
住本 優
イラスト／おおきぼん太
ISBN4－8402－2890－6

かつて起きた戦争の遺物『遺伝子強化兵』。望まぬ力の代償は17歳の夏に死んでしまうという運命だった――。せつなく胸をしめつける短編連作、登場。

す-7-1　1029

最後の夏に見上げた空は2
住本 優
イラスト／おおきぼん太
ISBN4－8402－3024－2

どうしようもない、名門への強い気持ちに気づいた小谷。しかし小谷は知らなかった。名門に宛てられた手紙が、別離の予感を運んでいたことに――。

す-7-2　1082

カレとカノジョと召喚魔法
上月 司
イラスト／BUNBUN
ISBN4－8402－2829－9

口より先に足が出る美少女――白銀雪子。彼女は同級生・水瀬遊矢の保護者を自認していて、しかも幼馴染で、さらに両方一人暮らし中で、おまけに隣同士で……。

こ-8-1　0997

カレとカノジョと召喚魔法②
上月 司
イラスト／BUNBUN
ISBN4－8402－2891－4

地上に降りて600年、二つ名を持つほど強力で、もっとも見た目は10歳前後。二階位天使のセーレウスの来日は、カレとカノジョに何をもたらす!?

こ-8-2　1030

電撃文庫

カレとカノジョと召喚魔法③

上月 司
イラスト／BUNBUN

ISBN4－8402－3020－X

風見野高校に学園祭──通称〝台風祭〟の季節がやってきた。抑止力を期待されたカノジョは特別執行委員として治安維持を任されたのだが……！

こ-8-3　1077

はにかみトライアングル

五十嵐雄策
イラスト／みずき

ISBN4－8402－3023－4

幼馴染みの少女の占いを信じて〝困っているモノ〟（白い仔ネコと募金お姉さんとゴミ溜め桜の木）を助けた弘司。そしてトリプル赤面ラブコメディは突然に──!?

い-8-2　1081

白人萠乃と世界の危機

七月隆文
イラスト／しろ

ISBN4－8402－2912－0

恋する女子高生・白人萠乃が、正義の味方に選ばれちゃった！　ツッコミどころ山の如しなラブコメディ。電撃史上、ある意味最も幸薄いヒロイン、ただいま見参!!

い-7-3　1036

白人萠乃と世界の危機　メイド in ヘヴン

七月隆文
イラスト／しろ

ISBN4－8402－3028－5

前作をはるかに下回る敵役（人間的に）を迎えてお送りする、変態ラブコメ戦隊もの第2弾！　今回も萠乃ちゃんはいじられます!!

い-7-4　1086

アルティメットガール　桜花春風巨大乙女！

著／威 成一　原作／m.o.e.・スタジオマトリックス
イラスト／濱元隆輔

ISBN4－8402－3029－3

女子高生の白絹、ヴィヴィアン、つぼみの3人は、ひょんなことから巨大化して怪獣退治をすることに。ちょっぴりHでとびきりキュートなTVアニメの小説版。

た-19-1　1087

電撃文庫

とある魔術の禁書目録《インデックス》

鎌池和馬
イラスト／灰村キヨタカ

ISBN4－8402－2658－X

〝超能力〟をカリキュラムとする学園都市に〝魔術〟を司る一人の少女が空から降ってきた。『インデックス（禁書目録）』と名乗る彼女の正体とは……!? 期待の新人デビュー！

か-12-1 0924

とある魔術の禁書目録《インデックス》②

鎌池和馬
イラスト／灰村キヨタカ

ISBN4－8402－2701－2

学園都市「三沢塾」で一人の巫女が囚われの身となった。上条当麻は魔術師ステイルと嫌々手を組み、彼女を助けに行くことになるのだが――！ 学園アクション第2弾！

か-12-2 0951

とある魔術の禁書目録《インデックス》③

鎌池和馬
イラスト／灰村キヨタカ

ISBN4－8402－2785－3

補習帰りに、上条当麻は御坂美琴とその妹に出会う。御坂妹も姉同様とにかくヘンな奴で……。そんな普段通りの生活の中、学園都市の能力者が次々と殺されはじめた――！

か-12-3 0988

とある魔術の禁書目録《インデックス》④

鎌池和馬
イラスト／灰村キヨタカ

ISBN4－8402－2858－2

海にバカンスに向かった上条当麻が見たものは、インデックスが青髪ピアスで、神裂火織がステイルで、ステイルが海のオヤジで、御坂美琴が当麻の妹で!? 全てはとある魔術から……！

か-12-4 1021

とある魔術の禁書目録《インデックス》⑤

鎌池和馬
イラスト／灰村キヨタカ

ISBN4－8402－3025－0

8月31日の学園都市。御坂美琴は、さわやか男子生徒に誘われた。一方通行《アクセラレータ》は、不思議な少女と出会った。上条当麻は、不幸な一日の始まりを感じた……。

か-12-5 1083